살림 비용

The Cost of Living

살림 비용

The Cost of Living

데버라 리비 지음 | 이예원 옮김

PLAY
TIME

다른 사람보다도 나 자신이 언제나
더 비현실적으로 다가오기 마련이다.

마르그리트 뒤라스, 『살림살이』 *La Vie matérielle*, 1987

차례

1
빅 실버

오슨 웰스가 일러 주었듯 해피 엔딩인지 아닌지는 어디
서 이야기를 끊느냐에 달려 있다. 어느 해 1월 나는 콜롬
비아에서 카리브 해안가의 바에 앉아 생선과 코코넛 라
이스 저녁을 먹고 있었다. 내 옆자리엔 미국 남자가 앉아
있었다. 햇볕에 그을린 피부에 문신을 새긴 40대 후반의
남자로 팔근육은 우락부락하고 상투 머리를 한 은발 사
이로는 핀이 엿보였다. 남자는 젊은 영국 여자와 이야기
를 나누는 중이었다. 열아홉 살 정도 돼 보이는 여자는 좀
전까지 혼자 책을 읽으며 앉아 있다가 자기와 합석하겠
느냐는 남자의 물음에 주저하며 망설인 끝에 결국 응한
참이었다. 처음에는 남자가 대화를 장악했다. 그러나 얼
마 후 여자가 남자의 말을 끊었다.

　여자가 꺼낸 이야기는 강렬하고 기묘해 관심을 붙들
었다. 멕시코에서 스쿠버 다이빙을 나갔다 폭풍과 맞닥
뜨린 이야기였다. 20분가량 잠영하다가 수면으로 올라
와 보니 그새 폭풍이 들이닥쳐 있었다고 했다. 그는 거센

풍랑에 보트로 무사히 돌아갈 수 있을지 두려웠다고 토로했다. 바닷속을 누비다 고개를 내밀었더니 날씨가 급변해 있더라는 요지의 이야기였고, 밝히지 않은 자기의 상처에 관한 이야기이기도 했다. 그는 몇 가지 단서를 흘리며(자기를 구조하러 와야 할 사람이 보트에 타고 있었다) 남자에게 이 사실을 암시했고, 자신이 폭풍을 연막 삼아 정작 다른 이야기를 하고 있다는 걸 상대가 알아차리는지 곁눈질로 재차 확인했다. 남자는 이야기에 별 흥미가 가지 않는지 무릎만 들썩이다가 기어이 여자가 식탁 한쪽에 치워 둔 책을 바닥에 떨어뜨리고 말았다.

남자가 말했다. "원래 말이 많은 편인가 봐요?"

여자는 돌길 중앙의 광장에서 관광객을 상대로 시가와 축구 셔츠를 팔고 있는 두 10대 소년에게 눈을 돌리고는 손가락으로 머리칼 끝을 빗질하며 이 말을 곱씹었다. 남자는 여자보다 어지간히 나이가 많았고, 그런 그에게 이 세상이 남자인 그뿐 아니라 여자인 그의 세상이기도 하다는 사실을 온전히 전달하기란 만만찮은 일이었다. 합석을 제안함으로써 남자는 모험을 감수한 셈이었다. 어쨌거나 여자란 여자 딴의 삶과 성욕을 장착하고 오기 마련이니까. 남자는 미처 깨닫지 못한 거다. 여자가 스스로를 조연으로 치부해 가면서까지 남자인 그를 주연으로 간주하지 않을 수도 있다는 사실을. 그런 점에서 여자

인 그는 안정돼 보이던 경계를 뒤흔들고 사회적 위계 질
서를 와해시키며 통상적인 관습에 등을 돌린 셈이었다.

여자는 남자에게 지금 토르티야 칩으로 떠먹고 있는 음
식이 뭐냐고 물었다. 라임즙에 절인 날생선 요리 세비체
였다. 단 영어 메뉴에는 '섹스비체'로 철자가 잘못 적혔다
면서 남자는 이걸 시키면 사이드 메뉴로 콘돔이 나온다
는 농담을 했다. 여자는 미소로 답했고, 그 순간 나는 그
가 실제보다 용감해지려 애쓰고 있음을 깨달았다. 혼자
서 자유로이 여행할 줄 알고 늦은 저녁에 홀로 바에 앉아
책을 읽으며 맥주를 마시는 사람, 모르는 이와 지나치게
복잡한 대화를 시도하거나 그럴 엄두를 내는 사람이 되
어 보려 노력하고 있다는 걸. 그는 세비체를 맛보겠냐는
남자의 제안을 받아들였지만, 외져서 한산한 해변이 있
는 곳을 안다며 이따 같이 밤 수영을 가지 않겠냐는 제안
은 용케 외면했다. 남자 딴엔 그를 안심시킨답시고 "바위
에서 멀찌감치 떨어진 곳"이라 덧붙이기까지 했다.
　잠시 후에 남자가 말했다. "난 스쿠버 다이빙에는 관심
이 없어요. 금단지라도 건질 거라면 모를까, 굳이 그 깊숙
한 데까지 내려갈 필요 있나요."
　"하, 신기하네요. 안 그래도 당신 별명으로 '빅 실버'가
딱이라고 생각하던 참인데."

빅 실버

"왜 빅 실버예요?"

"다이빙하러 갔을 때 탄 보트 이름이 빅 실버였거든요."

남자는 영문을 모르겠다는 듯이 고개를 젓더니 여자의 가슴에 머물던 시선을 돌려 '출구'라고 적힌 네온 사인을 쳐다봤다. 여자는 다시 미소를 지었지만 진심은 아녔다. 멕시코에서부터 콜롬비아까지 짊어지고 온 자기 내면의 소용돌이를 진정시켜야만 한다는 걸 본인도 알고 있었을 터. 그는 방금 한 말을 취소하기로 마음먹었다.

"아니, 실은 머리 색과 눈썹 피어싱 때문에 빅 실버가 어울린다고 생각했어요."

"난 떠돌이예요. 여기저기 떠돌며 살아왔죠." 남자가 말했다.

여자는 자기가 주문한 음식값을 계산하곤 바닥에 떨어뜨린 책을 주워 달라고 남자에게 말했고, 이에 남자는 별수 없이 식탁 아래로 몸을 굽히고 팔다리를 이리저리 휘저어 대더니 발끝으로 겨우 책을 끄집어당겼다. 상당한 시간이 걸려 그가 책을 손에 쥐고 식탁 위로 다시 고개를 내밀었을 때, 여자는 감사해하지도 그렇다고 무례하게 굴지도 않았다. "고마워요"라고 짧게 말했을 뿐이다.

종업원이 식탁을 돌며 꽃게 다리와 생선 뼈가 수북이 쌓인 그릇을 정리하는 동안, 나는 오스카 와일드가 한 말을 떠올렸다. "그만 자기 자신을 받아들여요. 다른 사람은 이미 다 임자가 있으니까." 이 여자에게 딱 맞아떨어지는 말은 아니었다. 이이는 빅 실버가 당연하게 여기는 자유를 동등하게 누리기는커녕, 자유를 누릴 '자기'부터 확보하려 고군분투해야 하는 처지였으니까. 반면에 빅 실버는 자기 자신에 대해 추호의 의심도 거리낌도 품지 않은 사람이 아닌가.

원래 말이 많은 편인가 봐요?

느끼는 대로 삶을 말하고 표현하는 것도 하나의 자유인데 우리는 대개 이 자유를 택하려 들지 않는다. 그러나 그날 내가 엿본 여자의 내면은 하고 싶은 말들, 다른 사람은 물론이고 자기 자신에게도 불가사의하게 다가오는 말들로 살아 생동하고 있었다.

그날 밤 늦게 호텔 발코니에 나와 앉아 글을 쓰면서 나는 그가 떠돌이 빅 실버에게 은연중에 내민 손, 내막을 밝히지 않은 상처의 행간을 읽어 보라며 남자에게 건넨 무언의 초대를 다시 떠올렸다. 폭풍이 닥쳐온 순간 직전에 이야기를 끊을 수도 있었다. 깊고 잔잔한 바닷속에서 목격한 경이로움을 묘사하는 것으로 그칠 수 있었다. 해피 엔딩으로 맺을 수 있었는데 그럼에도 그는 이야기를 중단하지 않았다. 대신 빅 실버에게 (그리고 자기 자신에게) 질문을 던졌다. 그날 나는 보트에 타고 있던 사람에게 버림받은 걸까요? 빅 실버는 그의 이야기에 알맞은 독자가 아니었지만, 그러면 내 이야기에 딱 맞는 독자일지도 모르겠다는 생각이 들었다.

물은 잔잔했다. 해는 밝게 내리쬤다. 나는 수심 깊은 곳에서 헤엄치고 있었다. 그러다가 20년 만에 수면 위로 고개를 내밀어 보니 폭풍과 회오리 바람이 몰아들고 물결이 소용도는 가운데 파도가 내리치고 있었다. 처음엔 배로 무사히 돌아갈 수 있으려나 싶었는데, 곧 돌아가고 싶은 마음이 없음을 깨달았다. 혼돈은 우리가 가장 두려워해야 할 대상인 양 포장되지만 난 차츰, 실은 우리가 가장 간절히 원하는 것이야말로 혼돈이라고 믿게 됐다. 계획해 온 미래를 더는 신뢰할 수 없을 때, 융자받아 산 집과 옆자리에 잠든 사람이 못 미더워졌을 때—그제야 폭풍은 (오랫동안 잠복하고 있던 구름 속에서 나와) 우리를 우리가 바라는 이 세계를 영위하는 방식에 한 발 더 가까이 데려가 주는 건지도 모르겠다.

삶은 허물리고 무너진다. 우리는 와해되는 삶을 지키려 뭐든 손 닿는 대로 부여잡는다. 그러다 깨닫는다. 그 삶을 지키고 싶은 마음이 없음을.

어느덧 50줄에 접어들었으니 이제 내 인생도 서서히 속도를 늦추어 가는 한편 생활의 안정도와 예측 가능한 범주는 차차 확대되리라 지레짐작하던 시기에, 내 삶은 정작 더 빨라지고 불안정해졌으며 예측하기 어려워졌다. 그 시점에 결혼 생활이라는 보트로 도로 헤엄쳐 가거든 그대로 익사하리라는 것만큼은 명백했다. 그렇대도 결혼 생활은 남은 평생 내 뒤를 밟을 유령이기도 하다. 주역들을 그보다 비중이 작은 배역으로 격하시키지 않으면서도 끝끝내 지속하는 사랑에 대한 내 오랜 갈망, 이 갈망의 상실을 나는 평생 애도할 거다. 하기야 이 두 가지 모두를 이룬 사랑을 직접 본 적도 별로 없다 싶으니, 그런 이상이란 애초 허깨비로만 존재할 운명인지도 모르겠다. 이 허깨비가 내게 무슨 질문을 던지고 있는 걸까. 정치적인 질문임은 확실한데, 그렇다고 허깨비가 정치인인 건 아니다.

*

브라질을 여행하다가 엄지 손가락 크기의 밝고 알록달록한 애벌레를 본 적이 있다. 몬드리안이 디자인한 것만 같은 파랗고 빨갛고 노란 사각형 무늬가 조화로이 균형을 이루며 애벌레의 온몸을 뒤덮고 있었다. 내 눈으로 보고도 좀처럼 믿기 어려운 모습이었다. 게다가 애벌레는 놀라울 정도로 선연한 붉은빛 머리통을 두 개나, 그것도 몸통 양 끝에 하나씩 달고 있었다. 이게 가능하기나 한 일인가 싶어 애벌레를 하염없이 들여다봤다. 그간 햇볕을 너무 많이 쮀 나사가 풀렸거나, 브라질에 도착한 이래 허구한 날 광장에 나앉아 축구하는 아이들을 구경하며 스모키 향 짙은 홍차를 들이켜 댄 탓에 환각을 보는 걸까 싶었다. 그런데 가능한 일이었다. 나중에 알게 된 사실인데 애벌레는 포식자로부터 스스로를 보호하기 위해 있지도 않은 머리를 있는 듯이 꾸며 드러내기도 한다. 그즈음 나는 머리를 침대 어느 방향으로 두고 자야 할지 몰라 밤마다 갈팡질팡하고 있었다. 베개가 애초 남향을 향해 있었다 치면 며칠간은 남향으로 머리를 두고 자다가도 얼마 못 가 북향으로 자리를 바꾸었다가, 불과 며칠 만에 다시 원위치로 물렸다가 이내 또 반대로 물려 가며 우왕좌왕하던 때였다. 급기야는 침대 양 끝에 베개를 하나씩 두기로 마음먹었다. 지금 와 생각해 보면 이런 내 행동이 자기 분열의 물리적인 표현이었는지도 모르겠다. 어떤 결단도 내리지 못하고 헤매던 그맘때의 정신 상태가 그리 발현했던 걸 수도 있다.

사랑에 균열이 가기 시작하면 그 틈새로 밤이 스며든다. 밤은 끝없이 이어진다. 분한 마음과 비난으로 들끓는다.

밤새 이어지는 괴로운 내면의 독백은 해가 떠도 잦아들지 않는다. 나로선 이 점이 가장 원망스러웠다. 이토록 내 마음이 '그이'로 가득 차 있다는 사실이, 내 마음을 이렇게까지 그 사람에게 가로채였단 사실이. 그건 점령당한 거나 마찬가지였다. 나는 행복하지 못했고, 행복하지 못한 게 어느새 버릇이 되고 있었다. "우표나 새알을 하나씩 모아 수집한 컬렉션처럼······평생에 걸쳐 점차 키워 갈 수 있는" 변화하는 것으로 베케트가 설움을 묘사했듯이 말이다.

여행을 마치고 난 런던으로 돌아왔고, 어느 날인가 동네 잡화점의 터키계 주인에게 방울 술이 달린 열쇠 고리를 선물받았다. 털 술을 어디 쓰면 좋을지 딱히 생각나지 않아 열쇠 고리째 핸드백에 달았다. 방울 술은 왠지 모르게 사람을 고양시킨다. 업계 동료와 가을 낙엽을 헤치며 하이드 파크를 산책하는 동안에도 내 가방 끝에선 방울 술이 발랄하게 흔들렸다. 동물적이면서도 묘하게 이질적인 정체를 지닌 희희낙락하는 자유로운 영혼만 같았다. 나보다 몇 배는 더 행복해 보였다. 같이 산책하던 남자는 손에 자그마한 다이아몬드 하나가 나른하게 박힌, 섬세한 격자 무늬 금반지를 끼고 있었다. "와이프가 골라 준 결혼 반지예요. 빅토리아풍이라 솔직히 내 스타일은 아니지만, 볼 때마다 와이프를 떠올리죠." 그가 말했다. 그러곤 덧붙였다. "와이프가 또 차를 들이받았어요." 아, 이이의 와이프는 이름조차 없구나. 금빛으로 저문 나무 사이를 지나며 속으로 생각했다. 그저 와이프일 따름이구나. 이 남자는 행사 자리에서 만난 여자들 이름을 십중팔구 잊는 편이어서 어쩜 저럴 수 있을까 의아할 정도였다. 그래서 늘 이름 대신 누구누구의 와이프 또는 여자 친구라고 칭했다. 마치 그 여자들에 대해선 누구의 배우자 또는 동반자인지 아는 것만으로 충분하다는 듯이 말이다.

우리에게 이름이 없다면 우리는 과연 누구인 걸까?

*

결혼 생활이 끝났음을 깨달은 날, 난 여자처럼 울었다. 살면서 여자처럼 우는 남자를 본 적은 있어도 남자처럼 우는 여자를 본 적이 있는지는 잘 모르겠다. 여자처럼 우는 남자를 본 건 장례식에서였는데, 울었다기보다도 울부짖고 흐느끼며 통곡했다고 말하는 게 더 정확할 거다. 아무튼 무척이나 격렬한 울음이었다. 어깨가 들썩였고, 벌겋게 달아오르고 눈물로 얼룩진 얼굴 위로 이따금 상의 주머니에 숨어 있던 휴지가 나타나 눈가를 슥 훔쳤다. 휴지는 얼굴에 갖다 대는 족족 녹아 분해됐다. 횡격막으로부터는 온갖 묘한 발성과 소리가 터져 나왔다. 지극히 극적인 방식으로 표출된 슬픔이었다.

　나는 그가 우리 모두를 대신해 울고 있다 여겼다. 다른 조문객들은 그와 달리 사회 범절을 의식한 태도로 눈물을 흘렸다. 장례식이 끝나고 추모하러 모인 자리에서 그와 이야기를 나눌 기회가 있었는데, 그때 그는 지금껏 자기 인생에 있어 "사랑이 방명록에 서명만 했지 한집으로 이사 들어온 적은 한 번도 없었음"을 사별을 겪고야 깨달았다고 말했다.

　왜 더 대담하지 못했던 건지, 무엇이 자신을 가로막았던 건지 자문하게 되었다고 그는 말했다. 우리는 여러모로 출중한 인물이었던 고인이 생전에 선호한 아이리시 위스키를 마시고 있었다. 나는 그에게 고인과 연인 관계였던 적이 있는지 물었다. 그는 그렇다고, 여러 세월에 걸쳐 연인이다 아니다를 반복한 사이였다고, 하지만 한 번도 상대방 앞에서 약해지는 용기를 내지는 못했다고 말했다. 서로에 대한 사랑을 끝내 인정하지 않았다고 했다. 이어 그가 내 결혼 생활이 난파하고 만 이유를 물었는데, 그가 앞서 진솔히 대답했던 만큼 나 역시 평소에 비해 자유로이 진심을 토로할 수 있었다. 내 이야기를 듣고서 그는 이렇게 말했다. "내가 보기에 당신은 지금까지와는 다른 삶의 방식을 찾는 게 낫지 않을까 싶은데요."

나는 난파해 바다 깊숙이 파묻힌 보트에서 먼 훗날 블랙 박스가 발견되고, 그리하여 그 안에 봉인되어 있던 대화가―아이들 아버지 되는 사람과 내가 나눈, 실제로는 한 번도 나눠 본 적 없는 가상의 대화가―재생되는 장면을 상상해 봤다. 먼 미래의 어느 비 오는 화요일에 블랙 박스를 발견한 인공 생명체들이 고통에 찬 인간들의 슬프고도 꿋꿋한 목소리에 귀 기울이러 하나둘 그 주위로 모여드는 광경을 그려 보았다.

보트로 헤엄쳐 돌아가지 않은 것이야말로 내 평생 가장 잘한 일이었다. 한데 그 대신 어디로 가야 좋단 말인가?

3
그물

우리는 가정집을 처분했다. 오랜 세월 함께해 온 삶을 해체하고 짐 상자로 나누어 꾸리는 행위가 시간을 기묘한 모양으로 뒤틀어 놓았다. 내가 태어난 곳이자 어린 시절을 보낸 남아프리카공화국을 떠나던 아홉 살 때 기억이 플래시백으로 눈앞을 스치고, 쉰 살에 살게 될 아직은 미지로 남은 삶이 플래시포워드로 펼쳐졌다. 내 삶의 기력을 어지간히 바쳐 지은 가정을 내 두 손으로 허물고 있는 셈이었다.

남자와 아이의 안위와 행복을 우선 순위로 두어 오던 가정집이라는 동화의 벽지를 뜯어낸다는 건 그 뒤에 고마움도 사랑도 받지 못한 채 무시되거나 방치되어 있던 기진한 여자를 찾는다는 의미다. 모두가 즐거이 누리는 가정, 순조롭게 기능하는 가정을 짓는 일은 수완과 시간과 헌신과 공감 능력을 요한다. 다른 이들의 안녕을 건설하는 일은 무엇보다도 넉넉한 인심에서 비롯하는 행위다.

이러한 작업은 여전히 십중팔구 여자의 일로 치부되며, 그 결과 이 막대한 과제를 얕잡는 온갖 단어가 난무한다. 아내와 어머니를 배태한 것이 사회라면, 이이는 만인의 아내이자 어머니 배역을 맡는다. 오랜 가부장제가 이성애 핵가족을 염두에 두고 설계한 이야기를 구축하는 작업도 이이 손으로 이루어졌다. 때에 따라 적절한 꾸밈새를 보태 가며 말이다. 그리 손수 짓고 꾸린 가정집에서 정작 스스로는 겉도는 느낌과 대면하는 순간, 사회와 그 여성 불평분자들이라는 한층 큰 차원의 이야기가 촉발된다. 그간 희망과 자부심과 행복감과 다른 여러 모순되는 감정과 분노 가운데 본인이 연기해 온―성립시켜 온―사회적 이야기에 아주 무릎 꿇지 않는 한, 그는 이야기 자체를 바꿔 놓을 것이다.

*

가족이 살던 집을 허는 일은 시계를 부수는 일과 비슷하다. 얼마나 많은 시간이 그 집의 갖가지 차원에 걸쳐 흐르고 깃들었던가. 여우는 3~4미터 떨어진 거리에서도 시곗바늘 소리를 듣는다고 한다. 우리가 가족을 이루고 살던 집 부엌에는 정원에서 3~4미터도 안 되는 거리에 시계가 걸려 있었다. 정원을 오가던 여우들도 10년 넘는 세월 동안 그 시계 소리를 들었겠지. 하지만 그 시계도 이제 포장

상자 속에 얼굴을 파묻고 있었다.

이삿짐 트럭 문이 쾅 닫히고 운전사가 차에 시동을 거는 사이, 마음씨 좋은 이웃 사람이 정원에 나온 나를 보고 자기 집에서 한숨 쉬었다 가라고 권했다. 나는 이웃네 소파에 한 시간 누웠다. 그러곤 집으로 돌아가려는데 이웃 사람이 이삿짐과 별도로 추려 놓은 그물을 가리키면서 저게 뭐냐고 물었다. 딸들이 어릴 때 쓰던 고기잡이 그물이었다. 하나는 노란색, 하나는 파란색으로 아직도 모래알이 붙어 있었다. 바닷가에 놀러 갈 때마다 딸들은 고기 그물로 작은 물고기를 잡곤 했다. 무릎 높이까지 첨벙대며 바다로 들어가 감탄할 만한 보물이 걸려들기를 기다렸다. 1.5미터에 달하는 두 그물은 이제 꿈에 잠긴 모습으로 이웃 여자의 빅토리아풍 돌출 창에 기대서 있었다.

아이들 아버지 되는 사람과 나는 따로 떨어져 살아도 우리 딸들의 삶 속에서는 항상 함께 살기로 합의했다. 가정은 사랑이 깃든 가정과 사랑이 깃들지 않은 가정으로 나뉠 따름이다. 파탄한 건 가정이 아니라 가부장제가 지어낸 이야기다. 그렇대도 그 이야기의 테두리 안에서 자라는 아이 대다수는, 다른 여느 사람과 마찬가지로, 대안이 될 이야기를 써 나가느라 힘겨운 싸움을 벌여야 한다.

4
노란빛 나날

매일 밤 전면적인 붕괴를 나타내는 동시에 새로운 구성을
암시하는 발상 가운데서 내 모습을 발견하고 있었다.
엘레나 페란테, 『잃어버린 아이 이야기』*Storia della bambina perduta*, 2014

그해 11월에 딸들과 나는 런던 북부에 있는 나지막한 언
덕 위의 크고 허름한 아파트 건물 7층 집으로 이사했다.
재정비 추진 중이라는 소문만 무성할 뿐 시행할 날은 감감
한 건물이었다. 공동 복도엔 산업용 회색 비닐이 깔려 있
었는데 이 비닐은 우리가 이사 들어가고 3년이 지나도록
방치됐다. 이리도 크고 낡은 건물을 수선하고 정비한다
는 게 애초 얼마나 불가능한 기획인지, 그 얼토당토않음
이 파열과 붕괴의 시기에 다름없었던 내 인생의 시절과
묘하게도, 아니 음울하게도 딱 맞아떨어지는 느낌이었
다. 하지만 한때 존재했던 무언가를 복원하는 과정이라
는 점에서는(이 경우엔 낙후한 아르데코풍 건물의 재정비
였다만) 이 시절의 은유로 적당하지 않았다.

　나는 지난날의 복원을 바라지 않았다. 내겐 전혀 새로
운 구성이 필요했다.

지독히도 매서운 겨울이었다. 공동 난방 시스템은 고장 나 있었다. 난방은 안 되지 온수도 안 나오지, 심지어 냉수조차 안 나올 때도 있었다. 나는 할로겐 난방기 세 대를 밤낮 틀어 두었고 개수대 밑에는 생수를 큰 병으로 열두 병 쟁여 두었다. 단수가 되면 변기 물을 내릴 수가 없었다. 누군가 엘리베이터 문에 익명으로 쪽지를 남겨 놓았다. 제발 도와주세요. 집이 아주 냉골이에요. 누구든 어떻게 좀 해 보세요. 그해 갓 대학에 입학한 첫째 딸은 이 집 환경에 비하면 학생 생활이 다 호사로 여겨질 정도라고 농담처럼 말했다. 첫째가 대학 생활을 시작하러 떠난 뒤, 나는 새벽마다 불길한 예감으로 속이 울렁거리는 통에 몇 주나 잠을 설쳤다. 큰애가 어디 간 거지? 그러고야 아이가 떠났다는 사실을 기억했고, 우리가 지금까지와는 다른 삶을 향해 각기 나아가고 있음을 새삼스레 깨달았다.

지난 삶을 새 삶에 끼워 맞추려는 시도는 허황했다. 헌 냉장고를 새 부엌에 들이자니 냉장고 부피가 너무 컸고 헌 소파를 새 거실에 두자니 면적이 안 나왔으며 헌 침대를 새 침실에 들이자니 모양이 맞질 않았다. 내 책 짐은 지난 가정집에서 꾸려 온 다른 짐과 함께 상자째 차고에 쌓여 있었다. 하지만 인생의 다른 어느 때보다 직업적으로 바빴던 그 시기에 서재라 부를 만한 공간이 증발해 버렸다는 게 나로서는 가장 시급한 문제였다. 나는 아무 데서나 닥치는 대로 글을 썼고 그 외의 시간에는 딸들을 위해 가정을 꾸리는 데 집중했다. 이때가 우리가 핵가족을 이루고 살던 시절보다도 내게 더 많은 희생을 요구한 시기였다고 할 수 있다. 그럼에도 이런 가정을 꾸리는 일, 엄마와 딸들을 위한 공간을 장만하는 일이 어찌나 고되면서도 사람을 겸허하게 만드는 일인지, 어찌나 심오하고 또한 흥미로운 일이었던지, 나는 혼란했던 이 시기에조차 내 맡은 바를 의외로 원만히 해 나갈 수 있었다.

머릿속도 맑고 명쾌해졌다. 언덕 위 집으로 이사하고 새로운 상황에 직면하면서 그간 갇히고 억눌렸던 것이 해방된 모양이었다. 근골이 점차 약해지기 시작한다는 50대에 들어 나는 체력적으로 강해졌다. 기운 없이 지내는 건 선택지가 아니었으므로 늘 기운이 넘쳤다. 아이들을 부양하려면 글을 써야 했고, 힘쓰는 일도 도맡아야 했다. 자유는 결코 공짜가 아니다. 자유를 쟁취하고자 분투한 사람치고 그에 수반하는 비용을 모르는 사람은 없다.

*

예전 가정집 정원에 있던 큼직한 돌 화분 한 쌍을 내 침실 발코니로 끌어왔다. 길쭉하고 폭이 좁은 주방 식탁 크기쯤 되는 발코니였다. 작은 정원용 테이블과 의자 두 개를 겨우 놓을 만한 자리였다. 그 옆에 화분 두 개를 가져다 놓으니 자그마한 못가에 거대한 여객선 두 척이 정박한 모양이었다. 화분은 이 집과 겉돌았다. 런던이 세로로 멀찌감치 내다보이는 이 높다란 공간에서 내가 새로이 영위하게 된 삶과 어울리지 않았다. 칙칙한 아파트 복도는 1970년대쯤 얼룩덜룩한 회색빛 페인트로 벽을 칠한 뒤 한 번도 손대지 않은 듯이 보였는데, 그 덕에 추레한 녹색 카펫을 뒤덮은 회색 비닐이 그나마 어우러지는 느낌이었다. 밤낮 안 가리고 복도를 밝히는 조명은 땅거미만큼 침침하고 한결같아 불길했다. 양수를 떠올리게 하는 그 몽롱한 불빛에 우린 회색빛 양막 속을 부유하고 있다고 착각하기도 했다. 친구들은 「더 샤이닝」에 나올 법한 복도라고 말했다.

나는 복도를 사랑의 복도라 부르기 시작했다.

이 아파트 건물로 처음 배달 나온 기사들은 늘 조금은 겁에 질리거나 넋이 나간 얼굴을 해 보이기 마련이었다 (동마다 100호가 넘었다). 복도를 지날 때 우리는 눈을 반쯤 감으며 여기가 실은 「매드 맨」에 나오는 돈 드레이퍼의 맨해튼 아파트라고 말하기도 했다. 실눈을 뜨면 얼추 비슷해 보이기도 했다. 돈 드레이퍼의 아파트에 중소 규모의 재해가 덮쳤다고 가정한다면. 지진까지는 아니고, 건물에 새로 입주한 이들이 과거에 여기 살았더라면 어땠을지 잠시나마 어림잡게 할 만치 가벼운 미진 정도가 말이다. 그래도 막상 현관에 들어서면 빅토리아풍의 예전 가정집에 비해 내부도 밝고 바람도 잘 통했다. 새벽부터 황혼까지 우리는 하늘과 함께 생활했다. 은빛 박무와 흐르는 구름, 차고 기우는 달과 함께.

밤중에 외투를 입고 작은 발코니에 나가 글을 쓰다 보면 먼 별들이 아주 가까이 있다는 착각이 들기도 했다. 지난 삶에서 누렸던, 책으로 빼곡한 서재를 별빛 총총한 겨울 밤하늘과 맞바꾼 셈이었다. 그해 나는 영국의 겨울을 처음으로 만끽했다.

선물로 받은 자그마한 딸기나무 두 그루도 발코니 생활을 즐기는 눈치였다. 이 상록수는 어쩌다가 11월에 선홍색 열매를 맺게 된 건지 의문이었다. 마지막 빙하기 이전에 진화한 식물이라고 하던데, 원래부터 추위를 좋아했으려나? 가끔은 학생 시절처럼 밤을 틈타 침실에서 글을 쓰기도 했는데, 그때와 달리 맥주와 대마초, 감자칩을 곁들이지는 않았다. 지난 삶에서는 아침 일찍 글을 써 버릇하던 나였지만 이 삶에서는 아침과 밤 시간에 활동하는 버릇이 생겼다. 지금 생각하면 그 시절 잠은 다 어디로 달아났던 건가 싶다. 힘쓰는 일을 처리하고서 다시 책상에 앉아 문장 하나를 놓고 그 내부의 흐름결을 어떻게 착지시킬지 고심하며 충격에 가까운 자극을 실감했다. 이사한 지 사흘째 되던 새벽의 동틀 무렵, 큰 벌 한 마리가 컴퓨터 화면에 날아와 앉았다. 그와 동시에 전구 주변을 맴도는 날벌레 소리가 귓가에 들렸다. 고개를 들어 보니 벌 다섯 마리가 방 안을 빙빙 돌고 있었다. 화면에 붙어 잠이 든 통통한 황후와는 다르게 기운이 넘쳐 보였다. 살면서 벌과 조우한 경험이 여러 차례 있는데 그래선지 숲이나 산림을 배경으로 한 동화에서 주인공이 벌레에 물리거나 쏘이는 경우가 왜 그리 드문지 오래전부터 궁금했다. 빨간 두건 소녀가 할머니에게 빵을 갖다드리러 가문비나무와 너도밤나무 숲을 지나쳐야 했다면, 널 잡아먹겠노라 협박하는 늑대와 대면하기에 앞서 모기한테 종아리부터 뜯겼어야 하는 것 아닌가. 모기 말고도 인간과 공생하는 개미, 거미, 진드기, 등에는? 겨울철에 런던 한복판에 나타난 이 벌들은 대체 어디서 온 거람? 딸기나무를 방문하러 왔다 실내로 날아든 거려나. 벌들이 내 행복과 불행이 공존하는 이곳에서 기꺼이 나와 함께 살겠다고 의지를 보였으니, 그 나름대로 길조겠거니 싶었다. 그런데 나는? 벌들과 어떻게 함께 살지? 나는 등을 껐다. 노트북 전원도 끄고 방에서 나갔다. 이삿짐 상자 열두 개가 개봉도 안 된 채 널브러져 있는 거실에서 소파에 몸을 눕

히는데 별안간 에밀리 디킨슨의 시가 떠올랐다. 난데없이 떠올랐으니 '없는' 난데에서 내 마음으로 곧장 날아든 거라고도 할 수 있겠지만, 없는 난데란 있을 수가 없는걸. 내 디킨슨 책들은 차고에 쌓인 채로 썩어 가는 상자들 안에서 습기만 먹고 있었다. 안 그래도 그 책들이 내 마음한편을 가뜩이나 잡아먹고 있던 참이었다.

　명성은 한 마리 벌.
　노래를 가졌고—
　침을 지녔지—
　아, 또한, 날개도.

　명성이 기왕 날개를 달아 줄 거였다면 에밀리 디킨슨 생전에 달아 줬으면 오죽 좋았을까. 다른 사람들 손에 토대가 허물리고 위축되는 기분이 어떤 건지는 나도 겪어봐 알았고, 에밀리 디킨슨이 다른 시에서 우리에게 일러 줬듯 희망은 낙담 앞에서도 그리고 방치되고 등한시되더라도 노래하기를 멈추지 않는 '날개 달린 것'이란 사실도 알았다. 에밀리 디킨슨은 은둔해 살았다. 자유를 얻고자, 그리고 임자 없이 살고자 한 자기 시도를 스스로 벌하려 그런 걸까? 에밀리 디킨슨이 쓴 다른 한 편의 시가 난데없이 또 날아들었는데, 특정되지 않았고 그러므로 존

노란빛 나날

재하지 않는 곳이나 다름없다는 의미에서 우리가 난데 없다든가 노웨어라 부르는 곳들도 실은 실체를 지닌 장소이기 마련이며, 더욱이 이번 시에는 와이프란 단어가 등장했다. 기억나는 건 첫 행뿐이었다.

나는 '와이프'―난 끝냈어 그걸―

에밀리 디킨슨이 끝낸 게 과연 무엇일지 고민하다 말고, 나는 초원이 아닌 하늘 목장에서 마소를 부리는 카우걸처럼 청바지와 부츠 차림 그대로 그만 잠들어 버렸다.

그해 겨울, 둘째 딸과 나는 아침마다 오렌지를 먹는 버릇을 들였다. 전날 밤 껍질을 까고 과육을 먹기 좋게 자른 뒤 꿀물에 재어 냉장고에 넣어 두었다. 점점 대범해져서 소두구 씨와 장미수도 첨가해 봤는데 아무래도 만발한 꽃을 먹는 기분이라 이른 아침으로는 과한 맛이라고 결론 냈다. 벌들이야 반색했겠지만 난 벌들이 우리 집을 아예 차지하고 드는 건 원치 않았다. 그 무렵에 매시간 다른 새소리가 나는 시계도 하나 장만했다. 아침이면 굴뚝새가 일곱 시를 알리며 어둑한 겨울 나무들 틈에서 노래하는 진짜 새들을 향해 지저귀었다. 오후 네 시에 오색딱따구리가 딱딱거리고 쪼아 댈 무렵이면 어느새 다시 어두워져 있었다. 밤중에 귀가할 때면 회색빛 사랑의 복도에서부터 나이팅게일의 노랫소리가 들리곤 했다.

첫째 딸이 대학에 간 사이 우리는 4인 가족에서 2인 가족이 되었다. 식탁의 빈자리와 별안간 사라진 고성에 쉽게 익숙해지지 않았다. 궁리 끝에 나는 한동네 사는 가족을 빌려 오는 방법을 고안했고 매주 일요일 우리 집에 초대해 같이 점심을 먹었다. 여섯 명만 돼도 조촐하던 식구가 꽤나 부산스럽고 북적거리는 모임으로 변신했다. 이웃 가족은 눈치가 빨랐다. 내가 식구 수를 늘리고 싶어 한다는 걸 알면서도 단 한 번도, 모의하는 귓속말로조차 그에 대해 일언반구하지 않았다. 이웃 가족은 그날은 누가 운동화를, 현관 열쇠를, 전화기를 분실했느냐에 따라 유쾌하거나 또는 언짢은 기분으로 우리 집에 왔고, 차려진 음식과 와인을 양껏 먹고 마시면서 내 새 시계를 보고 웃어 댔다. 보통 한 시쯤 도착해 푸른머리되새의 세레나데를 받으며 우리 집에 들어섰다. 그이들이 돌아갈 무렵이면 가면올빼미가 울고 있기 마련이었다.

글을 쓰거나 가르치거나 이삿짐을 풀지 않을 때는 막혀 있는 욕실 세면기 배관을 뚫는 데 온 주의를 집중해야 했다. 배관의 여러 부위를 몽땅 해체한 뒤 세면기 아래쪽에 양동이를 받쳐 두곤 이제 뭘 어찌해야 하나 고민했다. 심장 전문의인 아랫집 이웃에게 빌린 불가사의하게 생긴

노란빛 나날

기계가 하나 있긴 했다. 진공 청소기와 얼추 비슷해 보이지만 철사가 달려 있었고 이 철사를 배관에 넣어 뚫는 원리인 듯했다. 이른 아침이라 나는 긴 원피스형 잠옷에 프랑스 우체부복이라고도 불리는 재킷을 걸치고 있었다. 배관을 수리한답시고 굳이 파란색 우편 집배원 재킷을 찾아 입은 건 아니고 그냥 욕실에 마침 걸려 있던 옷이고 따뜻해서 입었다. 실용적이고 두툼한 면 재킷과 하늘하늘한 나이트 가운의 부조화가 어쩐지 모든 걸 말끔히 요약해 준다는 느낌이 들었는데, 그래서 요약된 내용의 요지가 뭐냐 하면 막상 대답하기는 어려웠다. 더는 사회와 혼인 관계로 얽히지 않은 몸이 된 나는 이제 다른 무엇 또는 누군가로 전환해 가는 과정에 있었다. 그런데 그게 무엇 또는 누구인 걸까? 용해되는 동시에 재조립되고 있는 것만 같은 이 기묘한 느낌을 어떻게 설명해야 하나? 단어는 마음을 열어젖혀야 한다. 마음을 닫게 만드는 단어는 누군가의 존재를 무화했을 가능성이 크다.

　나는 혼자서 재미 삼아(주위에 다른 사람이라곤 없었으니) 나이트 가운 입은 여성이라는 장르와 배관 수리의 관계에 대해 생각해 보았다. 내 가운은 검정 실크 소재로, 통념상 관능적으로 여겨지는 축에 속했다. 이 가운 차림으로 산책을 할 수도 가장 행렬에 낄 수도 있을 터였다. 여성성이라는 것 자체가 어차피 일종의 가장이자 변장

인 점을 감안하면 말이다. 보아하니 검정 실크 소재는 여성 잠옷 장르에 있어 고전적 표준이었다. 여기에 더해 난 딸들이 "샤먼 슬리퍼"라 부르는 실내화를 신고 있었다. 검은색 스웨이드 소재의 실내용 앵클 부츠로, 비위가 상할 정도로 진짜 털처럼 보이는 인조모로 북실북실하게 뒤덮이고 뒤쪽엔 작은 꼬리까지 달려서 내가 '마스터 플런저'라 불리는 연장을 찾아 집 안을 오갈 동안 발목을 자꾸 휘감았다. 아무래도 "보온"이 시급해 보인다며 언젠가 내 가장 친한 남자 친구가 선물한 실내화였다. 잠깐, 보온을 뜻하는 인슐레이션이라면 배관 수리업 쪽에서도 노출되고 날로 드러난 것, 날것을 가린다는 의미로 쓰는 '단열'과 같은 말 아닌가? 나는 털 부츠의 아늑함과 온기와 마법을 소중히 여겼고(내 손으로 직접 가죽을 벗겨 만든 신발이라는 환상에 사로잡혔던 건지도 모르겠다), 우체부 재킷이 검정 실크 나이트 가운과 적당한 대조를 이룬다고 생각했다.

나는 남자 역을 맡고 있었다. 나는 여자 역을 맡고 있었다.

혹시 내가 샤먼이려나?

이건 좀 더 자세히 탐구해 보고 싶은 차원의 주제였다. 남자 무당이 여장을 하는 일은 흔했다. 이들은 신당에서 제일 높은 자리에 있기도 했다. 한국에서는 여자 무당이

노란빛 나날

남자 신령을 내림받을 때 남복을 한다고도 들었다. 내 우체부 재킷도 그런 경우려나? 샤먼은 다른 세계로 여행해야 하는 사람이고, 그와 비슷하게 난 지금 욕조 옆 막힌 배관이 어디로 이어지는지 보겠다고 세면대 하부 장치의 내부 구조를 탐사 중이지 않나. 두 손이 저려 오기 시작하는 건 앞으로 당면할 DIY 전투에서 승승장구하라는 영靈의 기운을 받아서려나? 불가사의한 기계와 마스터 플런저의 도움을 받아 한참 발굴한 끝에 배관에서 마침내 캐낸 건 두툼하게 엉켜 미끌거리는 인간의 머리카락 뭉치였다. 배관을 손보는 일은 고고학과 닮았다. 머리카락 뭉치는 땅속 깊숙이로부터 발출한 인공 유물이었다. 마스터 플런저는 미감과 기능을 두루 갖춘 물건이었다. 배수구로 물이 막힘 없이 콸콸 흐르기 시작하는 걸 확인하고야 나는 머리칼 뭉치를 휘두르며 외로운 승리를 축하했다. 이대로는 고대 로마도 발굴해 낼 수 있음은 물론, 고대 로마의 배관공도 될 수 있겠다는 생각이 들었다. 불가사의한 기계를 직접 장만해야 했다. 연장을 돌려주러 갔을 때, 심장 전문의가 와인 한잔 같이하자고 청했다. 언젠가는 다시금 사랑에 빠져 보는 모험을 감수하고 싶은 마음이 생길지도 모를 일이지만 그렇다고 심장 전문의에게 내 심장을 빼앗길 생각일랑 없었다.

그날 나는 욕실에 화원도 조성했다. 키 큰 선인장과 여

러 다육 식물을 화분에 심어 욕조 옆 선반에 두었다. 선인
장도 다육이도 뾰족뾰족했고 일부는 날카로운 흰 가시
가 돋아 있었다. 뜨거운 목욕물에서 김이 피어오를 때마
다 에로틱한 열기에 사로잡히는 건지, 다육이들은 그날
부터 쑥쑥 자라기 시작했다.

새집으로 이사하고 모든 게 예전보다 축소되어 갈 즈음
(다육이들만은 예외였다), 내 삶은 반대로 점점 확장됐
다. 어려운 시절이었던 만큼 일이라면 들어오는 대로 받
았고, 우편함에 청구서가 날아들 때마다 움찔댔다. 그리
고 차츰 마땅한 요소들을 적정껏 갖추어야 할 필요를 깨
달았다. 채광과 하늘과 발코니가 그런 마땅한 것들에 속
했다. 내 아이들이 새로운 이야기의 실마리를 찾아 각자
의 성향에 맞춰 빚고 저만의 이야기로 만들어 가는 것과
저희 아버지와 가까이 연락하며 지내는 것 모두 마땅했
다. 막내딸이 하굣길에 친구들을 데려와 집 안이 노래 부
르는 10대로 북적거리는 것도 마땅했다. 글을 쓸 만한 조
용한 장소를 찾을 수 없는 건 마땅치 못했다. 함께 사는
동물이 없는 것도 마땅치 못했다. 하지만 아파트 7층에서
어떻게 동물과 함께 살 수 있다고? 우리는 금붕어를 키워
보자고 얘기했지만 결국은 연못에 살도록 놔두는 게 금
붕어에게 더 나으리란 결론에 이르렀다. 딸은 쥐를 키우

겠다고 했지만 이 발상은 끝내 실현되지 않았다. 앵무새를 키워 보자는 얘기도 했는데 이 역시 말로 그쳤다. 언젠가 딸은 공원에서 다람쥐를 잡아 와 집에서 키우겠다고 말하기도 했다.

그 말은 이뤄졌던가? 매일 아침 등교하기 전에 다람쥐 꼬리를 빗겨 주는 게 딸의 새로운 일상이 됐던가? 아니, 딸이 원한 일임은 분명했지만 그 일 또한 끝내 실현되지 않았다. 대신 딸은 침대에 누워 『위대한 개츠비』를 읽었고, 내게 F. 스콧 피츠제럴드는 그다지 글을 잘 쓰는 작가가 아니라고 말했다. 때로는 동물이 책보다 더 위안을 주기 마련이다.

*

친구 젬마가 말했다. "침실을 네 취향과 용도에 맞는 공간으로 바꿔 버려. 책상을 짜 봐. 선반도 맞추고. 차고에 쌓아 둔 짐 상자를 끌어와 책도 다 꺼내 놓고. 공간에 색깔을 좀 입혀 봐." 이 말은 흰색 이외의 색으로 벽을 칠해 보라는 뜻이었다. "너한텐 노란색이 좋아." 젬마는 고집했다. "노란색은 감정을 정화해 주고 시야를 넓혀 주거든." 이 말을 듣자 전에 살던 가정집에서 '잉글랜드 하늘색'이란 이름이 붙은 페인트로 침실 천장을 칠했던 기억이 났다. 천장은 찌뿌둥하니 흐린 하늘로 변신했다. 밖에 해가 환히 내리쬐고 있을 때도 실내에는 비가 왔다. 밤이고 낮이고 비가 왔다.

나는 새로 시작한 삶에 색깔을 입히기로 결심했다.

우선 침실 사벽을 노란색으로 칠했다. 그리고 자선 가게에서 호화로운 오렌지색 커튼을 사 왔다. 분홍빛으로 물들인 닭털을 붙여 만든 아프리카산 방패를 벽에 걸었다. 60센티미터 너비의 거대한 꽃을 연상케 하는 방패로, 특수한 바느질법 덕에 여닫을 수도 있었다. 그럼에도 늘 활짝 열린 채로 벽에 걸려 있었는데, 그와 달리 나 자신은 그 시기 감정적으로 닫혀 있었다. 지난 삶의 울분으로부터 나를 보호해 줄 방패가 필요했다. 그리하여 이제 꽃의 비호를 받게 되었다고 말할 수도 있겠다.

내가 개인적인 영웅으로 여기는 여든한 살의 남아프리카 출신 예술가 에스터 마흘란구Esther Mahlangu는 열 살 때 어머니와 할머니가 닭털로 유화를 그리는 모습을 지켜보다 독학으로 화가가 되었다. 에스터 마흘란구 본인이 예술 작품이나 다름없었다. 그가 입는 의상의 비즈 장식과 손과 목과 발에 둘린 뱅글만 해도 그랬다. 그와 대화해 보고 싶었지만 정작 무슨 얘기가 하고 싶은 건지는 알 수 없었다.

노란빛 속에서 어떻게 살아야 하는 건지 모르겠어요, 에스터. 내 인생이긴 하지만 노란빛 한가운데에서 어떻게 살아야 할지 모

노란빛 나날

르겠어요.

노랗게 칠한 벽 때문에 이성을 잃을 지경이었다. 오렌지색 실크 커튼은 두드러기를 연상케 했다.

결국 벽에 걸린 방패를 내리고 방 안을, 한 벽면만 빼고, 전부 하얗게 칠했다. 방패 대신 스크린 인쇄한 오스카 와일드 포스터를 표구해 걸었다. 그러곤 나방들과 한바탕 씨름하러 주방으로 향했다. 부엌 찬장에 든 밀가루와 귀리에 혹해 주방으로 날아든 나방들이 그새 양껏 배를 채웠는지, 가르시아 마르케스 소설에 등장할 법한 눈먼 작은 악귀들처럼 이리저리 분주히 날아다니고 있었다.

나방들은 냉장고 문에 자석으로 붙여 둔 사진 두 장이 마음에 드는지 그 위에 자꾸 앉으려 들었다. 첫째 사진에는 예순 살의 영국 조각가 바버라 헵워스가, 조각용 도구를 손에 쥐고, 작업 중인 둥근 나무 작품 옆에 서 있었다. 헵워스는 첫아이를 출산한 후인 1931년, 입체 도형에 구멍을 내 '뚫린' 형상을 만들었다. 그는 조각을 일컬어 "발상의 삼차원적 실현"이라 불렀다.

둘째 사진에는 아흔 살의 조각가 루이즈 부르주아가, 조각용 철 연장을 손에 쥐고, 허리까지 올라오는 새하얀 원형 조각상 옆에 서 있었다. 사진에서 부르주아는 검은 가운 밑으로 시폰 블라우스를 받쳐 입고, 은발은 둥글게 말아 고정하고 귀에는 자그마한 금색 링 귀고리를 하고 있었다. 부르주아는 자기가 예술을 만드는 이유는 내면의 감정들이 자기를 능가할 정도로 크고 거대해서라고 시류를 거슬러 밝힌 적도 있다.

그래, 때론 느끼는 것 자체가 고역이고 고통이다. 나부터도 아무것도 느끼지 않겠다 작정하고 몇 달째 버텨 오던 중이 아니던가. 부르주아는 부모의 태피스트리 사업을 도우며 이른 나이에 바느질을 배웠다. 바늘이 마음의 수선을 나타내는 물건이라고 그는 생각했다. 그리고 자신이 수선하고자 하는 건 과거라고 했다.

우리는 과거로 인해 죽거나 예술가가 된다.

이와 비슷한 방향으로 생각을 이어 가던 프루스트가 언젠가 남긴 말이 어쩌면 당시의 내게는 좀 더 알맞았던 것 같기도 하다.

착상은 서러움을 이어받다시피 우리를 찾아오고, 서러움이 착상으로 바뀌는 바로 그 순간에 설움은 마음에 상처를 입힐 힘을 일부나마 잃는다.

매일같이 나를 괴롭히러 돌아오는 나방 무리, 이런저

런 서러움, 지난날. 이것들과 반복해 맞서 싸우면서 나는 냉장고 문에 삐딱하게 붙어 있는 이 두 예술가에게 눈길을 돌리곤 했다. 손수 발명한 형상을 조각의 형태로 침착하게 다듬는 과정에서 두 사람이 보여 준 특유의 주의력이 이들 각자에게 형량할 길 없는 아름다움을 준다고 나는 생각했다. 그런 아름다움만이 내게 중요했다. 불확실하던 그 시절, 내가 불확실에 내재된 불안을, 다음에 무슨 일이 벌어질지 알 수 없음에서 오는 불안감을 감당할 수 있게 해 준 얼마 안 되는 활동 중 하나가 글쓰기였다. 서러움에서 부화한 걸지도 모를 구상이 떠오르거나 다가올 때마다, 이 착상이 내 집중된 주의력은 물론이고 분산된 주의력을 과연 이겨 낼 수 있을지 확신할 수가 없었다. 다수의 구상을 시간의 여러 차원에 걸쳐 펼쳐 보이는 것이 곧 글 쓰는 삶이라는 원대한 모험이다. 그런데 내겐 글을 쓸 곳이 없었다.

실리아가 구조에 나섰다. 실리아는 80대 초반의 배우이
자 서점주였다. 1월 하순의 어느 날 저녁, 실리아가 자기
집 부엌에 앉아 있던 내게 웨일스어로 노래를 불러 주었
다. 나는 실리아에게 웨일스어를 모른다고 말했다.

"나야 웨일스에서 태어났지만 당신은 아니니까요. 근
데 노래를 부르면서 실은 당신에게 글 쓸 곳이 필요하다
는 생각을 하고 있었어요."

실리아는 정원 뒤편에 있는 헛간을 가리켜 보였다. 실
리아의 남편이자 이제는 고인이 된 훌륭한 시인 에이드
리언 미첼Adrian Mitchell이 봄과 여름에 종종 집필실 삼은
곳이었다. 사과나무 바로 아래 지은 헛간이었다. 정확히
3초 만에 나는 월세를 내고 헛간을 빌려 쓰는 데 동의했
다. 실리아는 내가 (그의 표현대로라면) "적잖은 식구"를
경제적으로 뒷바라지하는 처지란 걸 알고 있었고, 그랬
기에 우리는 실리아가 각별히 좋아하고 주로 콜라와 섞
어 마시는 하바나 럼을 한 잔씩 마시며 서로의 조건에 맞

취 거래를 성사시켰다. 하바나 럼을 마실 때마다 실리아는 쿠바가 이룩한 높은 문해율의 기적에 잔을 들어 건배했다. "참, 그리고 다음에 또 공동 보일러가 고장 나거든 다들 내 집으로 목욕하러 와요."

세상 사람 모두가 실리아 같은 수호 천사를 하나씩은 두어야 마땅하다.

헛간은 호화롭지 않았다. 잔디 깎는 기계를 두어도 겉돌지 않을 공간이었지만 어쨌거나 정원이 내다보이는 창문이 네 개 있고, 에이드리언이 쓰던 초록색 가죽 상판 책상과 뒷벽에 맞춰 짜 넣은 포마이카 선반도 있었다. 그리고 에이드리언의 시를 읽어 본 독자라면 '평화의 개 데이지'라는 이름으로 익히 접해 봤을 골든 래브라도 견의 유골과도 함께 지내야 했다.

실리아는 "선반에 책이야 웬만큼 꽂아 두고 써도 좋지만 데이지만큼은 방해하면 안 되니 그렇게 알"라고 말했다. 실리아는 그새 동물 구조 센터에서 데려온 외눈 개를 키우고 있었다. 내가 집에 발만 들였다 하면 매섭게 짖어 대는 작은 사냥개였다. 이걸 본 실리아가, 평생 반전주의자로 지낸 이력이 무색하게도, 나를 닦달해선 안 된다는 걸 개가 배울 때까지만이라도 당분간 물총을 들고 다니면 어떻겠냐고 물었다. 그러곤 곧장 99페니 가게에서 플라스틱 물총 세 개가 든 물총 세트를 사 왔으나, 나는 급기야 집 측면에 난 정원 출입문으로 헛간을 드나들기에 이르렀다. 실리아는 내가 밤낮 안 가리고 글을 쓸 수 있다는 점을 충분히 납득해 주었고, 적잖은 자기 친구들에게 "뒷마당에 숨어 지내는 사람"이라고 나를 소개했다. 실리아의 감시가 있는 한은 아무도 나를 방해하지 못했다. 문을 두드려 대화를 시도하는 건 물론이고(날씨와 뉴스, 케이크가 도착했는지 여부에 대해) 집주인 마님의 긴급한 전갈을 전하는 것조차 허용되지 않았다. 이렇게나 소중히 대우받고 또 존중받는 경험을 한 건 이때가 처음이었다. 그건 전혀 새로운 경험이었다. 그것도 그래야 마땅하다는 식으로, 그게 세상의 이치라는 식으로 이루어졌다. 당시엔 몰랐지만 나는 그 헛간에서 세 권의 책을 완성하고 말 터였고, 그중 하나가 당신이 읽고 있는 이 책이기도 하다. 헛간에서 나는 일인칭으로 글을 쓰기 시작했는데, 이 '나'는 나 자신과 가깝기는 하나 나 자신이지는 않다.

내 수호 천사는 사나웠고 누구에게든 목청을 높이길 좋아했다. 국민 보건 서비스를 지키기 위한 시위에 나가서만 목청을 높이는 것이 아니었다. 그리고 여분의 냉동고를 굳이 헛간에 보관했다. 내 허리 높이까지 올라오는 냉동고에는 가을에 손수 수확한 사과들을 4등분해 쟁여 넣은 플라스틱 용기만 스무 개 넘게 들어 있곤 했다. 실리아는 사시사철 애플 크럼블을 만드는 걸 낙으로 여겼고, (평화의 개 데이지와 달리) 전쟁의 개이자 외눈 개인 머보이Myvy는 한결같은 충의로 애플 크럼블 만드는 실리아의 발목을 맴돌았다. 부스스한 사냥개 머보이가 어느 날 갑자기 웨일스어로 노래를 부르기 시작했대도 난 딱히 놀라지 않았을 거다.

난 실리아에게, 본인이 얼마나 합리적으로 보이는지에 유독 신경 쓰는 환자일수록 꿈에 예컨대 시구 읊는 개가 등장했다는 사실에 더 반색하기 마련이라는 점에 프로이트가 흥미를 느꼈다고 말해 주었다. 실리아는 머보이가 시를 낭독하는 날이 오거든 그땐 에이드리언이 쓴 시를 낭독해야만 할 거라고 응수했다. 머보이의 이름이 웨일스 이름 머바노이Myfanwy의 약칭이며, '내 사랑'을 뜻하지만 또한 '내 귀한 이', '내 여자', '내 소중한 이'를 뜻하기도 한다는 걸 난 알게 되었다. 아무래도 실리아가 손에 칼을 쥐고 있는 동안은 프로이트 이름을 그만 들먹이는 게 좋겠다 싶었다.

개는 친구를 사랑하고 적을 문다는 점에서 사람과는 사뭇 다릅니다. 사람들은 순수한 사랑을 하지 못하고 대상관계에서 늘 사랑과 증오를 뒤섞지요.

나중에 그 헛간에서 처음으로 가을을 보냈을 때, 헛간 지붕 위로 사과나무 열매가 쿵 하고 떨어지는 소리를 종종 들었다. 폭발음처럼 요란했다. 그제야 나는 뉴턴이 사과가 돌이킬 수 없이 떨어지는 모습을 보면서 중력 이론을 못 박게 되었던 과정을 납득했다. 서서히 떨어지는 사과란 존재하지 않는다.

헛간으로 이사 들어가던 날에는 눈이 왔다. 냉동고는 차가운 증기를 뿜었다. 천장에는 거미줄이 쳐지고 구석마다 먼지가 쌓이고 바닥에는 낙엽과 진흙이 뒹굴었다. 어떻게 겨우내 글을 쓰기에 손색없는 공간으로 만든담? 소설을 쓰려면 수백 시간을 가만히 앉아서 보내야 한다. 장거리 비행을 하듯. 단 최종 목적지가 어딘지는 알 수 없고 그저 대략적인 경로 정도만 잡힌 장거리 비행인 셈이다. 나는 집필용 의자에 양피 러그를 두 장 드리웠다. 막연하게나마 석기 시대 분위기가 연출됐다. 데스크톱 컴퓨터를 설치하고 사용 가능한 벽 콘센트의 위치를 파악한 뒤 연장 코드를 들여왔다. 사과나무에 눈이 내릴 동안 바닥에 앉아 엉킨 전선을 풀고 노트와 책이 든 상자들을 정리했다. 내 세대 작가라면 늘 끼고 다니기 마련인 이 방대한 양의 종이를 다 어째야 좋을지 고민이었다. 연극과 영화 대본, 시, 단편 소설, 오페라 대본, 수동과 전동 타자기 그리고 초창기 컴퓨터까지 아우르는 테크놀로지를 이용해 집필한 장편 소설 초고 등등. 다이어리는 1985년까지 거슬러 올라가는 것도 있었다. 그 가운데 내가 스물여섯 살 때 모티브에 살을 붙여 가며 흘려 쓴, '그것'이란 단어가 나오는 글이 보였다.

그것의 시작은 아는 것과 알지 못하는 것, 우유 한 잔, 비, 꾸짖는 말 한마디, 쾅 하고 닫히는 문, 어머니의 신랄한 독설, 달팽이 한 마리, 소원 하나, 물어뜯은 손톱, 열린 창문. 때로 그것은 쉽고 때로 그것은 못 견디게 어렵다.

'그것'이 대체 뭘까? 알 수 없다. 하지만 우유 한 잔이 단서가 되기는 한다. 내가 이후에 이 헛간에 앉아 쓰게 될, 『핫 밀크』*Hot Milk*란 제목을 붙이게 될 장편 소설의 단초였는지도 모르겠다. 다른 노트 두 권에 걸쳐서는 내가 이후 결혼하게 될 남자와 처음 만난 순간과, 우리가 서로 이어지고 말 운명이라는 내 확신이 기록돼 있었다. 당시 나는 그이 없는 삶은 아무 소용도 없다고 느꼈다. 지난 일기를 읽으면서, 아이들을 갖기 전에 우리 둘이 나눈 생활이 거의 전무했음을 깨달았다. 우리는 연애를 시작한 지 1년 만에 동거했고 나는 임신했다. 이야 더없이 기쁜 소식이었다. 우리는 첫째 딸이 세상에 나올 날짜에 맞춰 월셋집에 딸린 작은 뒷마당에 풀씨를 뿌렸다.

이러는 사이에도 나는 1930년대에 설치한 공동 보일러가 21세기와 협조하기를 거부하는 터에 언덕 위 아파트의 실내 온도를 올리기 위해 가진 재간을 총동원해야 했는데, 더욱이 이젠 헛간 내부의 온도를 높이는 방법까지 고민해야 했다. 물론 기왕이면 헛간에 (아무 쓸모 없는 냉동고 대신) 장작 때는 난로를 설치해 낭만적인 작가의 삶을 누리고 싶었다. 바이런 경이 향유했던 시인의 삶처럼 벨벳 스모킹 재킷을 걸치고 시를 쓰는 삶, 향긋한 땔감이 탁탁 타오르거나 펑 소리를 내며 부스러질 동안 영감이 찾아와 나를 황홀히 압도해 주기를 기다리는 그런 삶 말이다. 그러나 아아, 긴축 재정 탓에 이는 도저히 불가능했고 실리아는 "불길만 마냥 들여다보고 있어 봤자 단어 수 채우는 데 아무 도움도 안 될 텐데"라고 지적했다. 실리아의 말도 납득이 됐다. 글 쓰는 삶은 결국 체력 싸움이기도 하다. 결승선에 도달하려면 글이 일상보다 훨씬 더 흥미로워지는 지점에 이르러야 하는데, 장작불은 일상과 마찬가지로 도무지 지루해지질 않으니 말이다.

실리아가 북극권과 맞먹을 기후에 위기감을 느껴 프로방스산 장작 난로를 닮은 이동형 가스 히터를 구매한 일이 나로선 크나큰 행운이었다. 히터는 무쇠로 만들어져 엄청나게 무거웠고, 가스통이 무쇠 몸통 내부에 눈에 띄지 않게 숨어 있었다. 19세기 프랑스의 으리으리한 농가에서 썼을 법한 고풍스러운 장작 난로를 본떠 제작했지 싶었다. 실리아는 이 히터를 부엌에 설치했고, 중앙 난방과 함께 최대치로 틀었다. 그러고는 점심 시간에 반바지와 티셔츠 차림으로 부엌에 내려오기 시작했고, 머잖아 고함을 칠 기운도 남지 않을 정도로 무기력하고 정신마저 가물가물한 상태가 되었음을 자각했는지, 히터를 헛간으로 옮기는 수밖에 없다고 선언했다. 하지만 안 그래도 냉동고가 윙윙거리는 그 좁은 공간에 두기엔 실용적이지도 않을뿐더러 위험할 수도 있는 히터였다. 대안으로 프로방스산을 사칭하는 이 사기쟁이 히터를 언덕 위 아파트로 옮기는 방안도 고려했지만, 하필 그 무렵에 공동 보일러 수리 작업이 막바지로 접어든 참이었다.

헛간 내부의 기후는 곧 열대 지방의 습한 해안가 휴양지 기후를 닮아 갔다. 히터의 파란 불길이 일렁이고 사과나무에 눈이 흩날릴 동안 나는 보온병에 담아 온 차를 종일 따라 마셨다. 글쓰기는, 적어도 내가 이해하기로는, 표면적인 현실 이면으로 비집고 들어가라는 초대이자 눈앞에 놓인 나무만 볼 것이 아니라 나무 내부의 기반 시설 가운데 살아가는 곤충들을 보라는 초대, 모든 것이 언어와 생활이라는 생태계 안에 서로 연결돼 있음을 발견하라는 초대였고, 이것이 글쓰기가 지닌 호소력이었다.

생태를 이르는 '에콜로지'는 그리스어로 집 또는 살아 있는 것들과의 관계를 의미한다. 우리 모두가 서로의 잔인함과 친절함에 결부돼 있음을 깨닫는 데는 3개월의 생활이면 충분하다.

세련된 히터를 보고 있자니 내가 아직 연극 대본을 쓰던 시절, 우풍이 심한 연습실을 덥히느라 우리가 동원해야 했던 훨씬 못생긴 가스 난로가 떠올랐다. 우리는 장시간 리허설을 하고, 줄담배를 피우고, 인스턴트 커피를 마시다가 머리가 깨질 듯한 두통을 이고 밤늦게 비틀거리면서 집으로 향했다. 내가 대본을 쓴 「맥베스 거짓 기억」Macbeth False Memories이라는 연극의 리허설 내내, 우리는 구닥다리 가스 난로를 켜 두었다. 연출이 주연 배우에게 똑같은 독백을 열두 번 반복하게 만들었다. 이 배우는 라벨리라는 이탈리아 사업가 역을 맡았는데, 이는 내가 차후 내 소설들에 삽입한 여러 주제의 화신 격이기도 했다. 라벨리는 위조 화폐와 신용 카드 감별사로, 결국 우울증을 앓는 무감정한 일터 동료 베넷 손에 살해당한다.

라벨리 베넷 씨가 아무 신용 카드나 꺼내 보여 주면 몇 초 내로 위조품인지 아닌지 알려 드리지요. 화가는 캔버스를 쉰 번도 넘게 수정할지 모르지만 실력 있는 위조자는 모조품을 딱 두 번 수정합니다. 위조자는 원본과 유사한 방식으로 그림을 그려야만 하는 입장이죠. 난 그런 위조자를 한편으론 존중해요. 우리처럼 모방을 못하는 사람은 상상력이 부족한 거죠. 우리 방식 외에는, 그 바깥 것은 보질 못하잖습니까…… 우리 모두 고약하고 좀스런 내셔널리스트예요. 그에 비해 외국인은, 이방인은, 자기를 위조하는 법을 배워야만 합니다. 자신을 받아 준 사회의 문화를 모방해야만 하죠. 우린 말로는 독창성과 오리지널리티를 높이 평가한다고 이야기하지만, 실은 서로가 서로를 닮고 싶어 하죠. 심지어 서로의 차이조차 고만고만한 차이이길 바라고요. 내 말 알아듣겠어요, 베넷?

베넷 으음, 네.

베넷이 "으음, 네"라고 대답할 무렵이면 연습실의 모두가 가스에 질식할 지경이었다. 나는 배우가 단 두 단어만으로도 실로 많은 걸 전달할 수 있단 사실을 배운 터였다. 라벨리는 영리하고 사색적인 사기꾼이자 언어를 능란하게 다루는 남자였다. 그는 베넷을 애먹이고 있었다. 베넷은 갈피를 못 잡고 허덕이고 있었고, 관객도 이를 알았다.

헛간은 차분하고 고요하고 어두웠다. 계획했던 삶을 손에서 놓은 나는 어쩌면 매일같이 수심 깊은 곳에서 허덕이고 있었는지도 모른다. 인생이 고될 때는 글도 안 써지고 무엇에든 열려 있는 자세를 유지하기가 쉽지 않은

데, 그렇다고 모든 걸 차단해 버리면 소재도 못 건지게 된다. 나는 주요 저서만 열 권 추려 헛간에 가져가기로 마음먹었고, 거기엔 기욤 아폴리네르, 폴 엘뤼아르, 실비아 플라스, (그날 밤 벌들을 통해 내게로 그 영이 날아들었던) 에밀리 디킨슨의 시집, 인체 해부에 관한 책, 그리고 로버트 그레이브스가 신화에 대해 쓴 책이 포함돼 있었다. 다시 말해 헛간 선반이 거의 비어 있었던 셈인데, 실리아의 먼지 날리는 헛간에 과거 내 질서 정연하던 서재의 한 버전을 재현하고픈 마음은 어차피 없었다.

헛간이었나 오두막이었나? 철학자 마르틴 하이데거는 본인의 산장을 오두막die Hütte[◊]이라고 일컬었다. 구글에 검색해 찾은 사진을 나는 한참 동안 들여다봤다. 하이데거가 생각에 잠긴 모습으로 방 세 칸짜리 산장 내부의 장의자에 앉아 있는 사진이었다. 독일 남부의 슈바르츠발트산에 지은 산장이었다. 그의 와이프이자 과거 경제학도였던 엘프리데 하이데거는 스토브 앞에서 냄비 두 개를 굽어살피고 있다. 두 사람 다 희열이라곤 모르는 칙칙하고 엄한 모습이다. 하이데거의 위대한 철학서 중 상당수가 그 산장에서 쓰였다는 모양이다. 그중에는 1927

◊ 판잣집, 오두막, 대피소 등 대개 나무로 지어지고 임시적인 숙소로 활용되는 거처를 뜻하는 여성형 명사.

년에 출간된『존재와 시간』도 포함돼 있는데, 이 책도 내가 헛간으로 갖고 온 책 중 하나였다. 책 중간에는 내가 빨간 펜으로 괄호 쳐 둔 문장이 있었다. "모두가 타인이며 어느 누구도 그 자신이 아니다." 으음, 네. 이건 내 초창기 각본에서 라벨리가 베넷에게 전달하고자 한 내용이기도 하다. 헛간에 앉아 하이데거를 읽을 때마다, 나는 내가 베넷임을 깨달았다.

하루가 끝나면 나는 딸아이 저녁을 차리러 런던에서 고도가 가장 높은 축에 드는 언덕의 길고 긴 길을 오르기 시작했다. 가끔 동네 묘지 앞에 멈춰 입구에 몸을 기대고 숨을 가다듬기도 했다. 어둔 가운데 걷기에는 꽤나 먼 길이었다. 밤공기에 젖은 대리석과 이끼 냄새가 물씬 풍겨 왔다. 나는 안전하다는 느낌도 안전하지 않다는 느낌도 없이 오히려 그 중간 어디께 있는 기분이었고, 그렇게 경계에서 서성이며 한 삶에서 다른 삶으로 옮겨 가고 있었다.

언덕을 좀 더 수월히 올라 보겠다고 전기 자전거를 장만
했다. 자전거치곤 탱크만큼이나 무거운 축에 들었지만
순풍이 불 때면 모페드도 거뜬히 추월하고 남았다. 전기
자전거는 실로 오랜만에 생긴 호사였다. 덕분에 여기서
저기까지 삽시간에 내달릴 수 있었다. 난 자전거를 타고
속도를 냈다. 무턱대고 차 앞문을 열어젖히는 자가용 운
전자들에겐 소리를 지르고 욕설을 퍼부었다. 기꺼이 로
드 레이지에 사로잡혔다. 그래, 전기 자전거에 올라타는
순간 운전 중에 분노하는 단계로 진급하고 만 것이다. 달
리 말하면 지난 삶에서 쌓인 분노가 도로 위에서 분출되
기에 이른 셈이었다. 무거운 장바구니와 과일 상자를 뒤
쪽 받침대에 싣고서 언덕 위로 페달을 밟았다. 전기 자전
거 덕에 지난 몇 달간 이어진 우울감으로부터 짧은 휴가
를 얻은 기분이 들기 시작했다. 기나긴 홀러웨이 대로를
빠르게 내리 달릴 때면 아스팔트 길이 왠지 트리에스테
에서 바라본 검고 음산한 아드리아해를 연상케 했다. 표

면 아래 위험이 도사리고 있다는 느낌 때문이었는지도 모르겠는데 사고라면 결혼 생활이라는 보트가 암초에 부딪혔을 때 이미 겪은 셈이기도 하고, 그런 생각에 잠길 바에는 차라리 버스 차선과 교통 정체가 있는 홀러웨이 대로가 또 다른 아드리아해일 수도 있다는 이 착상 자체에 집중하자고 스스로에게 일렀다.

자전거는 대개 낡은 아파트 건물 뒤쪽 주차장에 보관했다. 다른 주민들이 오토바이를 주차해 두는 곳이었다. 장을 봐 짐이 많은 날은 건물 정면 주차장의 나무 뒤편에 자전거를 세우고 짐을 내렸다. 그러곤 아파트 로비로 운반해 엘리베이터 앞에 두었다. 이어 자전거를 후면 주차장으로 타고 가 평소대로 자물쇠를 채운 다음 건물 앞으로 되돌아갔고, 장바구니와 짐을 엘리베이터에 실어 7층으로 날랐다. 같은 단지에 사는 중년의 주민이―진이라는 여자였는데―나보고 자전거를 아파트 앞 주차장에 주차하면 안 된다고 주장했다.

나무 뒤에도 안 된다. 잠시 세워 두는 것도 안 된다. 다정하고 낭랑한 목소리였다. 나긋나긋한 목소리에 속아 아기 염소들이 순순히 문을 열어 주거든 들이닥쳐 잡아먹을 속셈으로 사납고 거친 본목소리를 숨기는 늑대의 음성이었다. 어미 염소는 어디 가고? 생활비 벌러 일터에 나갔겠지. 진은 내가 장을 보고 돌아와 짐을 내리는 날이면 영락없이 알록달록한 카디건 차림으로 내 자전거가 세워진 곳으로 단속을 나왔다. 그걸 아예 제 임무 삼았다. 아니나 다를까, 저기 또 서 있었다. 내 자전거 핸들 바에 몸을 기대고, 얼굴 가득 미소를 띤 채 달콤한 목소리로 심술궂은 말들을 내뱉으면서. 진은 자기가 내 힘든 인생을 더 힘들게 만드는 이유가 화보다도 설움에서 비롯되었음을 알리려 부단히도 애썼다.

한번은 장 본 짐을 급히 내리고 있는데 진이 나무 뒤에서 불쑥 튀어나왔다. 일링 스튜디오에서 제작한 20세기 초중반의 코미디 영화 속 한 장면만 같았다. "어휴, 어쩜 매번 이리 바쁘실까." 진이 말했다. "볼 때마다 바빠 바빠 바빠예요."

진은 시간이 많은 모양이었다. 진은 히스테리컬한 희열감에 들떠 있는 반면 나는 침착한 와중에도 속이 타들어 가는 심정이었다. 진이 지켜보는 가운데 여섯 개나 되는 장바구니를 주섬주섬 들어 올리기 시작하는데 목에서 진주 목걸이가 툭 끊어졌고, 차르르 쏟아진 진주알이 진의 실용화 주위로 흩어졌다.

"어머 이를 어째." 벌어진 진의 입술 사이로 작고 흰 치아가 빼곡히 드러났다. "화요일은 아무래도 자기 날이 아닌가 보네, 그죠?"

전기 신체

그로부터 몇 년 앞선 어느 화요일에 아이들 아버지 되는 사람과 스티븐 스필버그 감독의 「에이아이」를 보러 영화관에 간 적이 있다. 우리는 어두운 상영관에 나란히 착석했다. 근접했지만 따로 떨어진 자리에. 과학 시험으로 만들어진 로봇 소년에 대한 영화였는데, 이 소년은 사랑도 할 줄 알게 프로그래밍이 된 특별한 로봇이었다. 로봇 소년을 입양한 엄마는 로봇 아들의 다정함에 겁을 먹고 그를 숲에 버리고 만다. 수천 년이 흐른 뒤에 로봇 소년은 이상하고 아름다운 생명체에 의해 꽁꽁 언 강바닥에서 발견된다. 이들은 사실 인공 생명체로, 가늘고 기다란 몸 생김새가 초기 동굴 벽화의 인물 형상을 닮았고, 아주 깍듯하게 로봇 소년을 대한다. 그리고 곧 로봇 소년을 프로그래밍한 것이 인간이며, 인간과 접촉할 마지막 기회도 로봇 소년의 손에 달려 있음을 깨닫는다. 그 영화를 보면서 나는 우리 결혼 생활이 끝난 걸 알았다. 사랑하도록 프로그래밍된 로봇 소년을 우리도 찾아야지 싶었다. 로봇 소년의 내면에 든 걸 우리도 우리 안에 들여야 했다.

"그래, 맞아요." 나는 진에게 말했다. "화요일은 내 날이 아니에요."

*

진과 마주친 내 얘기를 듣고 실리아는 이렇게 말했다. "다음에 또 성가시게 굴거든 당신도 이젠 나이를 못 속여 그런 거라며 넘겨 버려요." 나는 이 말에 조금 충격을 받았다. 그날 밤도 질 좋은 하바나 럼을 한잔 얻어 마시고 부엌에서 나가는데, 실리아가 자기 친구에게 속삭이는 소리가 들렸다. "먼지 날리는 헛간에 앉아 글을 쓴다면서 진주 목걸이는 굳이 왜 하나 몰라." 세 번째 결혼을 앞둔 내 가장 친한 남자 친구는 내가 왜 진에게 남의 일에 신경 끄라고 말 못 하는 건지 모르겠다고 했다. 나는 세 번째 결혼식엔 뭘 입고 갈 계획이냐고 물었다. 친구는 카너비가에 있는 디자이너 매장에서 본 밝은 노란색 재킷을 큰마음 먹고 지를까 생각 중이라고 했다.

"노란색만큼은 피하도록 해." 내가 말했다.

"글쎄." 친구가 답했다. "와이프한테 물어볼래. 그나저나 요즘 어때? 사랑의 복도는? 공사는 다 끝났어?"

"아니, 여전히 재정비될 날만을 기다리고 있어. 그것 말고는 매일매일이 즐거워. 딸들과 딸 친구들 덕에 더없이 충만한 삶을 살고 있어. 고함과 비명과 호르몬 태풍과 요란하게 닫히는 방문과 각종 고지서가 몰아치는 격랑 속을 헤엄치면서 말야. 그나저나 네 새 와이프는 이름도 없나 봐?"

"나디아란 거 빤히 알면서." 친구가 말했다.

전기 신체

둘이 같이 나눠 먹을 오믈렛을 만들면서 친구는 내가 왜 결혼이라는 물 새는 보트로 헤엄쳐 돌아가지 않는 건지 궁금해했다. 누가 연쇄 남편 아니랄까 봐.

"아니, 좌초해 물에 빠질 보트에 뭐 하러 돌아가?" 내가 물었다.

"상징적으로 보호를 받으니까." 친구가 쇠창살 너머를 보듯 손에 쥔 포크 너머로 자기 손가락에 둘린 금가락지를 힐긋대며 말했다.

진이 자전거 탄 나를 다시 멈춰 세웠을 때, 나는 곧장 미소로 화답했다.

"후면 주차장에서부터 끌고 오려니 좀 무거워야죠, 게다가 알다시피 나도 이젠 나이를 못 속이잖아요." 내 입에서 이런 단어들이 이리도 사근사근하고 이해심 많은 음성을 타고 흘러나온 게 놀라웠다. 진은 눈을 깜박이며 속으로 꿀단지를 다섯 개쯤 더 삼키는 눈치였다. 그러고선 한다는 말. "글쎄, 만날 그리 바빠 바빠 바빠 하면서 슈퍼마켓 배달 서비스 써 볼 생각도 안 해 봤어요?"

무슨 이유에선지 나는 슈퍼마켓 배달 서비스를 이용하기가 꺼려졌다. 자전거로 짐을 끌고 언덕을 오르는 건 고됐지만, 그 고됨이 좋았다. 생선과 허브와 겨울 채소를 내 손으로 직접 고르고 싶었고 더욱이 아버지가 가르쳐 준, 내가 평소 자랑스레 여기는 팁도 있었다. 멜론이나 파파야류의 과일이 익었는지 확인할 때 과일 양 끝을 동시에 눌러 보는 방법이었다. 이때 과육이 손상되지 않도록 아주 살며시 눌러야 했는데, 과일이 익었다면 손끝에 닿는 느낌이 단단한 귓불 정도의 촉감이어야 했다. 어지간해선 틀리는 적이 없는 방법이었다. 그러니 아니요, 냉장 배달 차로 주문한 과일을 배송받을 생각일랑 없습니다. 온라인으로 구매한 과일을 인간 귀와 비교해 봐 달라고 운전사에게 부탁할 수야 없는 노릇 아닌가?

"이젠 나이를 못 속인다"는 내 말에 진은 진정했다. 하지만 내 마음 한구석엔 의문이 들었다. 내가 직업인으로서의 풀타임 생활과 엄마로서의 풀타임 생활에 더해 배관공 역할까지도 간간이 소화해야 하는 입장을 설명했다면, 그 말에도 과연 진정했을까? 진 내부의 무엇이 진정을 요하는 걸까? 어째서 늘 저리도 경직된 미소를 짓는 걸까? 마치 혼자 사는 걸 수치로 여겨 그 수치심의 일부분을 내게 전가하려는 듯이 보였다. 자기를 상징적으로 보호해 주는 사회적 서사의 테두리 밖으로 마지못해 발을 내디딘 거라면, 진은 어떻게 스스로를 보호해야 하는 걸까? 그가 매일 읽는 신문은 그를 존중하기는커녕 아예 혐오했지만, 진은 혐오의 대상이 되는 데 중독돼 있었다.

전기 신체

여자의 용도는 무엇인가? 여자는 무엇이어야 하나? 진에게는 내가 어떤 사람이어야 하는 걸까? 혹은 어떤 사람이 아니어야 하는 걸까? 이게 내가 진에게 물어볼 겨를이 없는 질문이었다. 진이 슬퍼하기보다는 분개해 내게 말했듯이, 나는 우울한 화요일에조차 생활비를 버느라 바빴으니 말이다.

나는 전기 자전거에 집착하기 시작했다. 바퀴가, 탈것이 내게도 생긴 거다. 어느 날 밤인가는 30킬로미터는 족히 떨어진 파티 장소까지 자전거를 타고 갔다. 바람에 드레스 자락을 펄럭이며 도로를 쌩쌩 달렸다. 환성을 내지르지 않을 수 없었다. 아이들과 전기 자전거가 어쩌면 내 유일한 행복인지도 몰랐다. 파티 장소에 도착하자 은발의 키 큰 남자가 다가와 말을 걸었다. 남자는 주로 제1차 세계 대전과 관련한 군사 전기를 쓰는 사람이라고 스스로를 소개하더니 내게 카나페를 하나 집어 달라고 했다.

나는 따로 챙겨 온 조금 더 우아한 신발로 갈아 신으려고 운동화 끈을 끄르고 있었으므로 남자의 요청을 무시했다. 물론 은쟁반에 놓인 카나페 한 조각 집어 주는 것쯤이야 평소 힘쓰는 일들에 비하면 식은 죽 먹기였을 테지만 말이다.

남자는 크고 마른 몸집에 나이는 얼추 60대 후반쯤으

로 보였고 나를 말 상대 삼고 싶어 하는 눈치였다. 자기가 쓴 책들에 대해, 그리고 아파서 집에 있는 자기 와이프(이름은 없었다)에 대해 한참 이야기를 늘어놓았다. 내겐 질문 하나 하지 않았고 심지어 이름조차 묻지 않았다. 이 남자가 원하는 건 아무래도 자기에게 열중하는 매혹적인 여자인 듯했다. 자기 옆을 지키며 저 대신 카나페를 날라 주고 자기가 유일한 화젯거리여야 함을 이해해 주는 여자. 머리도 눈썹도 은발인 남자에게 나는 속으로 빅 실버라는 이름을 붙여 줬다. 이 사람이 자기 배역에서 벗어나 갑자기 내게 질문이라도 건네 오거든 정작 나는 빅 실버에게 무슨 말을 할까? 그가 의무적으로라도 "그나저나 당신은 무슨 일을 합니까?" 하고 물으면 어쨌거나 사실대로 대답해 그를 쫓아 버릴 수 있겠지 싶었다.

"물어보셨으니 말인데, 오늘 난 당장의 현재 시제로 글을 쓰는 어려운 문제에 종일 골몰해 있었어요. 한 사람의 주관에 계속 흥미를 느끼기도 어렵잖아요. 현재 시제 안에 다른 주관들을 삽입하는 요령이 없는 건 아니지만 워낙에 까다로운 일이어서요."

아니, 내가 빅 실버와 이런 대화의 운을 떼는 일은 결코 없을 것이다. 나는 제임스 볼드윈의 초기 소설과 여러 에세이 및 인터뷰를 다시 읽고 있던 참이었는데, 볼드윈이 붙인 『아무도 내 이름을 모른다』*Nobody Knows My Name*라는 제목이 나와 같이 산책하던 남자 동료가 여자들 이름을 좀처럼 기억하는 적이 없는 사실에 내가 느낀 반발감을 납득하는 데 도움이 됐다. 이는 내 가장 친한 남자 친구에게도 해당하는 이야기로(이 친구는 '푸른 수염'이란 별명마저 붙었다), 이혼하기 전까지는 와이프들 이름을 절대 언급하는 법이 없었다. 1960년대에 스터즈 터클과 한 인터뷰에서 볼드윈은 미국 내 인종 문제에 대해 이야기하며 이런 도전장을 내민 적이 있다. "본인의 이름을 배우기 위해 당신은 내 이름부터 배워야 합니다." 그렇지, 나는 생각했다. 빅 실버한테 내가 정말로 해야 할 말도 이비슷한 말이야. "당신은 내 이름을 배워야 해요, 그래야 내가 당신 이름을 배우니까요." 빅 실버는 어리둥절해할 테지. 솔직히 밝히자면 나부터가 어리둥절했다. 불가사의였다. 시몬 드 보부아르는 『제2의 성』이 "여성 억압의 역사가 얼마나 만연하고 강도 높으며 불가사의한지" 폭로하는 글이라고 말했다.

여자를 억압하기 원하는 것부터가 수수께끼다. 여자가 여자를 억압하고 싶어 하는 건 그보다도 더 수수께끼다. 그만큼 우리 여성들 힘이 막강하고 그렇기에 항시 억압하려 들 필요가 있는 것이리라 짐작할밖에. 아무튼 나는 제임스 볼드윈이 가르쳐 주었듯 나란 사람이 누구인지부터 정해야 했다. 그래야 파티에 모인 다른 사람들에게도 내가 그러한 사람임을 설득할 수 있을 터였는데, 그러나 불행히도 나는 이 시절에 어둔 곳을 지나며 휘파람을 불듯 용감한 척 시늉만 하고 있었다. 내가 입은 손실들을 이겨 내고 그를 기념하는 의식부터 찾아야 했다.

빅 실버가 계속 자기 이야기를 늘어놓는 사이, 장례식에서 울었던 남자가 나를 찾아왔다. 우리는 다정하게 포옹하며 인사를 나누었고, 마지막으로 만났을 때만 해도 그도 나도 격랑의 한가운데 있었던 것을 떠올리며—그이는 오랜 세월 함께해 온 연인의 장례를 치르고 있었고 내 경우는 파경을 맞은 때였으니—조금 더 오래 서로를 보듬어 안았다.

"잘 지내요?" 그가 내 귀에 속삭였다.

"모르겠어요."

"모르긴요."

"흠, 어디 보자." 내가 대답했다. "오늘 오후엔 쉼표를 쓰느냐 마느냐를 두고 내 원고의 교열을 본 편집자와 옥신각신했어요. 교열자는 읽는 이의 편의를 위해 내 글에 쉼표를 더 집어넣었으면 해요. 쉼표를 어찌나 좋아하는지. 쉼표 증후군을 앓고 있는 게 분명해요. 사방에 쉼표를 삽입하려 들어요. 비아그라라도 삼킨 쉼표랑 같이 일하는 기분이라니까."

장례식에서 울었던 남자가 웃는 소리를 듣고야 나는 그때껏 그이가 우는 소리만 들었다는 사실을 깨달았고, 그러고 보니 첫 만남에서 우는 모습부터 접하는 건 순서가 뒤바뀐 경험이란 생각이 들었다.

우리 둘은 이제 빅 실버의 음성 너머로 대화를 나누고 있었다.

남자는 요즘 거트루드 스타인의 『미국 강의』*Lectures in America*를 읽고 있다고 했다.

"스타인은 질문이 질문임은 자명하지 않느냐는 생각으로 물음표를 아예 생략하기에 이르렀던 모양이고 게다가 쉼표는 비굴하다고 여겼어요. 글을 읽다가 숨을 고를 것이냐 말 것이냐는 독자가 정할 일이라고 스타인은 봤죠."

그는 몸을 기울여 은쟁반에서 샴페인 잔을 두 개 집어 내게 하나 건넸다.

예전 연인의 충격적인 죽음으로부터 회복하는 데 상당한 시간이 걸렸다고 말하면서, 그런데 굉장히 이상한 일이 있었다고 그는 덧붙였다. 사랑이 방명록에 서명을 한 건 물론, 아예 이사 들어와 버렸다는 것이었다. 그이의 이름은 제프였다. "그나저나 진주 목걸이는 어쨌어요?" 그가 물었다. "절대 벗는 법이 없다고 하지 않았나요, 심지어는 수영할 때조차도요?" 건물 앞 주차장에서 목걸이가 나를 대신해 폭발하고 만 이야기를 전하자 그는 이렇게 말했다. "힘쓰는 일을 도맡아 하고 있다면 그 반대되는 일도 하도록 해요."

"어떤 일요?"

"아이스크림을 만들어 보는 건 어때요?"

그는 나와 팔짱을 끼고 정원으로 향했다.

"같이 얘기하던 은발 남자는 누구예요?"

"군사 전기 작가요. 전쟁이 주요 관심사래요." 내가 말했다. 새로 사귄 내 친구는 담배를 끊었다면서도 담배를 피웠다.

"아." 그가 담배를 허공에 흔들어 대며 말했다. "그렇다면 그 사람, 브레히트가 한 말에 동의하려나요? '전쟁은 사랑과 같다. 어떻게든 길을 찾아낸다.' 드레스 차림이라 춥지 않아요?"

"아뇨. 밖에서 보내는 시간이 너무 많아서 이젠 추위도 안 타요."

"여기 나와 있을 거면 난 담요라도 있어야겠는데요."

그가 오들오들 떨며 담배를 피울 동안, 나는 예순 살 된 어느 여자 마사지사가 내가 마사지 베드 한끝에 난 구멍에 얼굴을 들이밀고 엎드려 있는 사이 내 척추를 두드려 댔던 최근 일화를 털어놓았다. 이 마사지사는 보드라운 담요를 찾느라 주말을 전부 할애했다고 내게 말했다. 질 좋은 모헤어 담요와 100퍼센트 울 담요를 사 소파와 의자에 각기 걸쳐 두었다고 했다. 내가 "왜 담요죠?" 하고 묻자, 마사지사는 "전쟁이 끝났으니까요"라고 대답했다.

그 말에 마사지 베드의 구멍에 얼굴을 들이민 채 나도 모르게 웃음을 터뜨렸다. 마사지사도 웃고 있었다. 우리가 뭐 때문에 웃는 건지 종잡을 수 없었지만, 밝히지 않은 자신의 어떤 상처를 이제 받아들이게 되었음을 시사하는 이야기려니 짐작해 볼 수는 있었다.

그가 겪은 전쟁에 대해 더 알 수 있었다면 좋았을 것이다. 이튼 칼리지 같은 명문 고등학교 운동장에서 얻어진 승전이 아닌 것만은 분명했다.◇

집 안에서는 어느새 사람들이 춤을 추고 있었다.

장례식에서 울었던 남자가 나를 문 쪽으로 떠밀었다. "갑시다, 그 예쁜 드레스가 아깝잖아요, 우리 춤춰요, 춤춰요, 춤."

우리는 지상에서의 마지막 밤을 맞은 사람들처럼 춤을 췄다. 그의 새로운 사랑과 내 새로운 자유를 축하하며,

◇ 영국의 웰링턴 장군(1769~1852)이 했다고 알려진 "워털루 전투의 승리는 이튼 칼리지 교정에서 얻어진 것이다"라는 말에 빗댄 표현이다.

또한 내가 규모 있는 문학상 후보로 선정된 걸 축하하며, 고통 근심 없는 천일 밤을 기원하며, 그리고 또 그의 말마따나 "삶은 유리 구두만큼이나 부서지기 쉽기에" 춤췄다. 이 마지막 말은 선뜻 이해되지 않았지만 그이는 아무래도 샴페인을 너무 많이 마신 것 같다며 아마도 유리관이라고 말할 의도였을 거라고 했는데 나로선 이게 오히려 더 종잡을 수 없는 말이었지만 하기야 그이는 '장례식에서 울었던 남자'니까.

우리는 흘러나오는 노랫말이 시키는 대로 신발도 벗어 던졌다. 소담스러운 붉은 벨벳 소파들은 그사이 벽으로 밀쳐져 있었다. 한참을 빙글빙글 돌거나 이리저리 뛰어 가며 땀을 흠뻑 흘렸는데, 그 와중에 꼬리를 높이 치켜든 줄무늬 아기 고양이 한 마리가 작은 표범처럼 슬그머니 춤판 가운데로 들어왔다. 나는 사람들 발치를 서성이는 고양이를 부드럽게 안아 새로 사귄 내 친구의 머리 위에 올려 주었다.

"골골 소리가 손으로 느껴지는데요." 그가 말했다. 그 순간 폭풍이 그쳤다는 생각이 뇌리를 스쳤다. 그리고 그때껏 한 번도 해 본 적 없는 무언가를 할 준비가 되었다고도. 이를테면 맥줏집 화장실 벽에 선언문을 쓰는 일.

나는 긴장해 손이 조금씩 떨리는 사람들을 믿는다

전기 신체

그새 도망친 아기 고양이는 보위가 무너지고 떨리는 꽃에 대해 노래를 부르는 사이[◇] 붉은 벨벳 소파로 향하고 있었다. 나는 고양이를 뒤따라가 소파 한끝에 걸터앉은 길고 검은 머리의 여자 옆에 앉았다. 흰 셔츠를 입은 여자는 셔츠 왼 소매에 작은 진주 단추를 바느질하느라 여념이 없었다. 그러면서 내게 뭐라뭐라 말했는데 입에 바늘을 물고 있어서 무슨 말인지 분간이 안 됐다. 나 역시 늘상 올려 묶고 다니는 머리가 흘러내린 터라 입에 머리핀을 물고 있었다. 장례식에서 울었던 남자가 유리관 위라도 걷듯 가볍고 느린 걸음으로 다가왔다.

"안녕, 클라라." 그가 소파에 앉은 여자에게 말했다. "내 친구를 소개할게요. 핀 하나로 머리를 말아 올릴 줄도 아는 친구예요."

"아 그래요, 그건 나도 할 줄 알아요." 여자가 말했다.

*

집에 돌아와 마이크로소프트 워드 프로그램에 생긴 문제를 두고 인도에 있는 굽타와 한 시간 동안 인터넷 대화

◇ 데이비드 보위의 노래 '레츠 댄스'Let's Dance의 가사 중 "당신이 뛰라면 / 같이 뛸게요 / 당신이 숨으라면 / 함께 숨을게요 / 당신을 사랑하는 내 마음 / 두 동강이 날 테니까요 / 그대가 내 품에 안겨 무너지며 / 꽃처럼 몸을 떤다면"을 이른다.

를 나눴다.

그 뒤에 채팅 창을 확인했을 때 굽타가 걱정 마세요. 제가 도와드릴게요라고 적은 메시지가 보였다.

무슨 일인지 굽타가 쓴 'I' 자가 위아래로 뛰듯 명멸하며 화면 위로 몸을 떨고 있었다.

나도 딱 그런 기분이었다.

전기 신체

7
검고 푸르스름한 어둠

내 새 삶은 어둠 속에서 열쇠를 더듬어 찾는 행위로 요약됐다.

내겐 어머니 집 열쇠와 내 딸이 제 아버지 집을 드나들 때 쓰는 열쇠가 있었다. 헛간 집필실로 이어지는 실리아네 정원 쪽문 열쇠와 헛간 열쇠, 실리아네 현관문 열쇠, 전기 자전거 열쇠, e-배터리 열쇠, 내가 사는 건물에 출입할 때 쓰는 포브라고 불리는 열쇠와 집 현관문 열쇠 두 개도 있었다. 2월에 접어든 영국. 이른 오전 하늘이 한밤의 하늘만 같았다. 오후에 헛간 문을 걸어 잠그고 (한나절 충전해 둔) 자전거 e-배터리를 챙겨 푹 젖은 정원을 지날 즈음이면 어느새 다시 어둑해져 있었다. 잠긴 쪽문을 열고(이 문은 밝은 대낮에도 여닫기가 어려웠다) 자전거와 짐과 가방을 끌고 나간 다음 다시 문을 잠가야 했다. 집 앞 진입로엔 대개 실리아의 승용차가 주차돼 있었는데 그 옆으로 자전거를 끌고 지나기란 거의 불가능했다. 90세를 향해 가는 실리아도 이젠 나이를 못 속이는 터라 집 안에 있는 사람들에게 너 나 할 것 없이 소리치는 그를 딱히 방해하고 싶지 않았다. 대신 무거운 e-기계가 자동차 보닛의 도장을 긁지 않도록 자전거를 번쩍 들어 옮겨야 했다.

나는 손전등을 마련해 가는 곳마다 들고 다니기 시작했다. 새로 산 전동 스크루드라이버도 신나게 사용 중이었다. 내 손가방에 딱 맞는 크기에 생김새도 작은 권총을 닮았다. 빨간 버튼을 누르고 드라이버가 미친 듯 윙윙대는 소리를 듣고 있으면 왠지 모르게 흐뭇했다. 드라이버로 정원 쪽문과 헛간 문의 헐거워진 나사를 조였다. 그러자 어둠 속에서 문을 잠그고 여는 게 한층 수월해졌다. 아무리 전기 자전거래도 각종 열쇠와 스크루드라이버, 손전등, 책과 장 본 물건과 연장 케이블로 묵직해진 가방을 지고 아슬아슬하게 얼어붙은 언덕길을 오르는 건 꽤나 고단한 일이었다.

하루는 내 소설 하나를 영화화할 가능성을 논하러 오후에 미팅 장소로 향하게 되었다. 지하철을 타는 게 나으려나 싶기도 했지만, 헛간을 나오는데 그날따라 사과나무 아래 번듯하고 기운차게 서 있는 자전거가 유난히 매력적으로 보였다. 모닝턴크레센트쯤 가서 나는 자전거를 뒤집어 인도에 세우고 움직일 생각을 않는 체인 링크를 손봐야 했다.

　손에 체인 오일이 검게 묻은 탓에 근처 누들 바에 들어
가 녹차 한 주전자를 주문하고 화장실로 향했는데 화장
실엔 거울도 비누도 없고 온수도 안 나왔다. 늦어서는 안
되는 미팅이었다. 지불해야 할 수학 여행 비용과 가스 요
금을 생각해야 했고, 시스템 종료를 눌러도 종료할 기미
없이 이상한 소리를 내기 시작한 컴퓨터가 불러온 두려
움도 떨쳐 낼 방도를 찾아야 했다.

창문 하나 없는 사무실의 반짝거리는 오크 테이블 주위
로 중역들이 둘러앉아 있었다. 하나같이 말쑥하게 차려
입었으며 똑똑하고 경험 많고 한창 잘나가는, 커리어의
정점에 있는 이들이었다. 누군가 물 한 잔을 건넸고 나는
고맙게 받아 마셨다. 조금 뒤에 나는 이런 미팅이 어떠어
떠할 것이라는 내 선입관이 옛날식 사고 방식에 기대 있
으며, 흑백 영화를 너무 많이 봐 온 탓에 생긴 편견임을
깨달았다. 내가 상상한 미팅은 로마의 어느 나이트 클럽
에 모여 앉아 깃털로 치장한 무용수들이 뒤를 오가는 사
이 네그로니를 홀짝이며 영화의 대략적인 줄거리를 구
상하는 분위기에 가까웠다.

　누군가 내게 중요한 질문을 던졌다. 내 소설『헤엄치
는 집』*Swimming Home*에 나오는 인물 중 누구를 주인공으

로 꼽느냐는 질문이었다. 키티 핀치와 '조'라고 불리는 요 제프 노보그로츠키, 이 두 인물 중에서. 나는 영화가 조를 주인공으로 삼는다면 각색가가 조의 배경을 이루는 개 인사(폴란드 태생, 유대인, 1943년 다섯 살의 나이에 숲으 로 숨어들어 결국 영국 런던의 동쪽 지역에 이름)를 말 그 대로 채워 넣어야만 할지도 모르는데, 기왕 그럴 거면 이 런 개인사를 추적하는 역할을 조와 텔레파시로 연결돼 있다고 믿는 키티 핀치에게 맡기는 편이 더 흥미로울 거 라고 말했다. 또한 키티의 관점에서 조의 개인사를 어떻 게 펼쳐 보이면 좋을지 파악하고 있는 만큼 대본은 내가 쓰는 게 좋겠다고 제안했다. "과거라고 해서 플래시백 기 법으로 풀어낼 필요는 없어요"라고도 말했지만, 그럼 다 른 어떤 방식으로 과거를 드러내면 좋을지 설명해 달라 는 요구에는 말문이 막혔다.

사실 그 무렵 나는 과거와 현재가 공존하는 기법을 소 설에 적용하기 시작한 참이었고, 이게 영화에도 적용될 수 있겠다 싶었다. 하지만 미팅에 모인 사람들은 내 말을 전혀 믿지 않는 눈치였고 그 주가 지나기 전에 조연과 주 연 격 인물 명단을 이메일로 보내 달라고 내게 부탁했다.

*

미팅이 끝나고 갈급한 에스프레소를 찾아 카페로 향했

다. 바로크풍의 황금 프레임이 둘린 대형 거울이 벽에 걸려 있었다. 그제야 내가 미팅 내내 진흙 묻은 나무 잎사귀 세 개를 머리에 붙이고 있었음을 깨달았다. 헛간에서 나오는 길에 고개를 수그리지 않아서일 테다. 헛간을 나올 때면 사과나무에 머리가 닿지 않게 몸을 숙여야 했다. 나뭇잎 붙은 머리라니 썩 보기 좋은 모습은 아니었을 테지만 뭐, 그보다 더 흉했을 수도 있으니까. 귓가에 거미줄을 치렁치렁 달고 나타나거나 죽은 벌레를 눈썹에 달고 등장했을 수도 있잖아. 헛간을 작업실 삼은 뒤로 차림새는 뒷전이 된 게 사실이었다. 전기 자전거를 타면서도 마찬가지였다. 어떤 의미에선 자전거가 내 삶의 주인공일지도 몰랐다.

그리고 어지간히 수고를 요했다. 주인공은 언제나 가장 많은 수고를 요한다.

전기 자전거는 내 아이들보다도 요구하는 바가 많았다. 미팅차 약속 자리로 가는 길에도 모르는 남자가 두 번이나 자전거 얘기로 말을 건네 왔다. 한 번은 캠든타운 신호등 앞에서, 다른 한 번은 구지가 지하철역 근처 과일 노점 앞에서. 나는 보랏빛 자두를 딱 한 알만 사겠다고 자전거를 끌고 노점으로 향하던 참이었다. 처음에는 이 나긋나긋한 남자들이 내 매력에 이끌려 자전거를 핑계 삼아 말을 건 거라고 생각했는데, 웬걸, 나는 외려 조연이고 전기 자전거야말로 대항 문화를 상징하는 유명 연예인이나 마찬가지였던 거다. 하기야 그렇게 치면 두 남자도 조연이긴 마찬가지고, 전동기 작동 최고 속도는 시속 24킬로미터이며 모터 출력은 200와트라고 기꺼이 설명을 늘어놓은 이상 나도 내 배역에서 벗어났다고 봐야겠지만 말이다. 두 남자와 이야기를 나누는 동안은 모성이라는 버거운 짐을 힘겹게 진 채로 난데없이 형제단에라도 가입한 기분이었다. 나는 가부장적 현실에 사는 e-가모장이었다. 삶은 고달팠고 내겐 대본조차 없었다. 내가 대본을 쓰고 있는 건지도 몰랐다. 그나저나 자두는 어떻게 됐냐고? 구지가 지하철역에서 말을 건네 온 남자와 대화하면서 베어 먹었다. 과즙도 풍부했고 과육은 단단하고 탱글탱글했다. 내가 대본을 쓴다면 이 자두가 플롯의 터닝 포인트가 될 거였다. 그리고 남자는 이런 대사를 쳤을 테지. "그나저나 당신, 머리에 나뭇잎 붙은 거 알아요?"

에스프레소를 단숨에 비우고 일과를 계속하러 자리에서 일어섰다. 어찌 됐건 립스틱과 전동 스크루드라이버, 만년필, 손전등, 기분을 진정시키려 지금 손목에 바르고 있는 장미 에센셜 오일(로사 첸티폴리아)이 든 작은 유리병과 콤팩트 거울만큼은 늘 가방에 챙겨 다녀야 했다.
　침착함은 장미꽃 향을 풍기려나? 장미는 마음씨가 곱

다. 장미는 위안을 준다. 장미는 핑크 계열의 여제다. 장미는 블루(스) 계열의 여제인지도 모른다. 블루스 가수 베시 스미스가 '백워터 블루스'Backwater Blues에서 무너져 내리는 집에서 살 수 없다고 노래할 때면, 지나간 삶에 대해 내가 느끼는 감정과 통하는 지점이 있다 싶었다. 이 곡은 제임스 볼드윈이 어느 겨울엔가 할렘과 멀리 떨어진 스위스 산속에서 『아무도 내 이름을 모른다』를 집필하며 듣던 노래이기도 하다.

사실 난 침착함이 어떤 느낌인지 알지 못했다. 여성성의 구태의연한 정의에 따르면, 침착함은 여성성이라는 문화적 인성 중에서도 주인공 격에 해당하는 특성이다. 그녀는 침착하고 그녀는 인내한다. 그래, 견디고 고통받는 데 소질이 있다 못해 실은 인내와 고통이 그녀 이야기의 진짜 주인공인 건지도.

　여성성이, 적어도 내가 가르침을 받은 여성성이 끝을 맞은 것일 수도 있다. 문화적 인성으로서의 여성성은 이제, 적어도 내 경우엔, 아무것도 표현하지 못한다. 그럼에도 남자들이 쓰고 여자들이 연기해 온 이 여성성이 21세기 초입을 여전히 기웃거리는 기진한 유령이라는 점만은 명백했다. 내 배역에서 벗어나 이야기를 중단시키는 데는 어떤 비용이 따르려나? 물론 여기에도 다양한 분류가 존재하는 만큼 예컨대 남자 상사를 둔 여자들이 회의실과 침실을 모두 아우르는 차림을 하도록 요구받는 기업 문화 속 여성성도 포함한다. 상사를 위해 성적으로도 상업적으로도 항시 '대기' 모드로 있는 게 가능하기나 한가? 그런 유의 여성성은 시간을 잘 이겨 내지 못한다. 오래지 않아 시간이 입힌 때가 보이기 시작하기 마련이다. 재정적으로 윤택한 생활을 하고 있는 친구 사샤는 금요일마다 일터 여자 동료들과 술집을 돌며 술을 마시고는 유니폼 격인 출퇴근복 위로 속을 게우며 한 주를 마감한다고 했다. 나는 사샤와 사샤의 친구들을 후기 자본주의의 마이나데스, 디오니소스를 따르는 여성 신봉자요 '광란하는 이들'이라고도 알려진 신자들로 간주했다. 실제 마이나데스들은 황소 헬멧을 쓰며, 술기가 오르면 다 부진 나무도 가뿐히 기어오를 수 있다는 점 정도가 다를 뿐이었다. 기원전 5세기 아테네에서 이들의 몸은 여러 신에게 상상적으로 소유됐다. 사샤는 21세기 이곳에서도 여자들의 신체는 하이힐과 짧은 치마 차림으로 일터에 오는 것이 곧 임파워먼트라고 우기는 여러 남자 상사에게 상상적으로 소유되고 있다고 지적했다.

그래, 내가 아는 여자 중에 여성성이라는 유령을 복원시키고자 하는 이는 몇 되지 않았다. 게다가, 유령이 뭔데? 여성성이라는 유령은 허상이자 망상이자 사회적 환

검고 푸르스름한 어둠

상이다. 연기하기에 매우 까다로운 인물이며, 그 역할(희생, 감내, 고통의 와중에도 발랄함을 잃지 않기)을 연기하다 끝내 이성을 잃고 만 여자도 수두룩했다. 그런 이야기라면 결단코 다시 듣고 싶지 않았다.

다른 재능을 가진 새로운 주인공들을 찾을 때였다.

전기 자전거를 세워 둔 테스코 익스프레스 매장으로 발길을 돌리다 말고, 미팅을 망쳤다는 생각에 나도 모르게 또 탄식했다. 머리에 잎사귀가 붙은 것도 모르고 중역실에 태연히 걸어 들어간 사람이 뭐, 영화계를 정복하겠다고? 애초 영화로 배운 현재 시제의 플래시백 기법을 마땅히 설명할 어휘도 못 찾으면서 무슨 절호의 기회를 얻겠다는 거야? 그러한 기법을 배움에 있어 데이비드 린치, 미카엘 하네케, 아녜스 바르다, 알랭 레네 같은 감독이 내게 뮤즈이자 스승이었다. 주인공들의 삶 속에 억압되어 있던 기억이 다시 돌아오는 과정을 영화의 문법으로 드러낸 마르그리트 뒤라스에게는 유난히 큰 빚을 졌다. 뒤라스는 인간 주관성의 최대 극한까지 바짝 밀어붙인 언어를 영화를 통해 창조해 냈다.

어�째선지 난 창문 하나 없던 중역실에 앉아 이 사실을 그만 억눌렀던 것이다.

나는 발견되지 않은 내 재능 중 하나가 각본가로서의 재능이라고 굳게 믿고 있었다. 주변 사람들만 봐도 주연과 조연을 위해 쓰인 전형적인 남성성과 여성성의 판박이 연기에 하나같이 따분함을 호소했다. 나는 70대에 접어든 내 모습을 상상해 봤다. 캘리포니아 집에 딸린 수영장 옆에 앉아 타자를 치는 나. 햇빛에 피부가 상한, 내로라하는 시네마의 귀재다. 대본을 타이핑할 때조차 수영복 차림을 고집하기로 유명하며, 언제고 파릇파릇한 열대 식물에 둘러싸여 있다. 열대 식물은 마음을 활짝 열어 주고 새로운 가능성을 부른다. 점심때면 스태프진이 칵테일을 흔들어 잔에 따르고, 싱싱한 오징어를 바비큐 그릴에 얹어 요리해 준다.

그새 비가 오고 있었다. 런던의 길거리에선 낡은 동전 냄새가 났다.

그래, 햇볕이 찬란히 내리쬐는 내 캘리포니아 정원은 온갖 다채로운 빛깔을 띤 새들의 지저귐으로도 가득할 테지. 지금 이 런던 집에 둔 새 시계는 실전을 앞둔 예행 연습일 뿐이다. 하루 일과가 끝나거든, 플래시백 하나 없이 현재 시제에 과거를 끌어다 놓는 기법을 찾느라고 탈진한 몸을 추스르려, 내가 선택한 동행과 함께 달빛 아래서

검고 푸르스름한 어둠

수영을 할 거다. 다음 날 아침 내가 인사 건넬 때까지 영화 대본 속 모두가, 주연과 조연 할 것 없이 참을성 있게 기다려야 할 테고. 내가 선택한 동행은 조연급 인물일까 주연급 인물일까? 그야 당연히 주연이지. 그럼 내 아이들은 어디 가고? 아이들은 무슨! 이미 클 만큼 커서 저마다의 삶을 사느라 바쁘고, 엄마한테 전화라도 걸려 올까 조마조마해하고 있을 텐데. 엄마야, 캘리포니아에 있대.

딸들에게 해 줄 법한 말이 있기나 한가? "저기, 난 자식들 보고 대리 만족하며 삶을 살아온 그런 엄마가 아니거든. 전혀, 전혀 아니지. 그나저나 지금 주연급 인물과 수영하러 나와 있다. 암, 아쉬울 것 하나 없이 차고 넘치는 생활이지. 그나저나 너희 크리스마스 계획은? 여긴 열대나 다름없다는 거 알고들 있지?"

나는 테스코 익스프레스 매장에 들러 딸과 딸 친구들에게 먹일 닭을 샀다. 그러곤 잠시 머뭇대다 로즈메리 가지가 낱개로 든 작은 봉지도 하나 챙겼다.

*

그날 밤 퍼붓는 빗속에 자전거를 타고 언덕을 오르는데 그만 가방이 열려 프로이트의 『농담과 무의식의 관계』, 전기 자전거 배터리 충전기(주의: 절대 비에 노출하지 말 것), 립스틱 하나, 손전등 하나, 스크루드라이버, 귤 다섯

알이 길에 쏟아졌다. 내가 닭을 찾아 두리번거릴 동안 차량의 흐름이 중단됐다. 닭은 로드킬처럼 도로에 뭉개져 있었다. 납작 눌리긴 했어도 상태가 비교적 온전했고, 다만 타이어 무늬가 곁에 새겨져 있었다. 나는 닭만 챙기고 귤은 언덕 아래로 굴러가게 두었다.

도축장으로도 모자라 런던의 차도에서까지 죽임을 당해야 했던 닭을 재려고 마늘과 레몬을 으깨다가, 빗물에 옷이 다 젖은 걸 뒤늦게 깨달았다. 정말 피곤했지만 집엔 나뿐이었다. "젖은 옷은 벗고 뜨거운 물에 샤워부터 하고 오지 그러니?"라고 말해 줄 어른이 주위에 없었다. 나는 혼자였고 나는 자유였다. 관리되는 것도 거의 없고 수도나 전기 같은 기본 시설마저 수시로 끊기는 집에 따라붙는 막대한 관리비를 지불할 자유가 내게 있었다. 식구를 부양하기 위해 목숨을 다해 가는 컴퓨터에 글을 쓸 자유가 내게 있었다. 한시라도 빨리 조연과 주연에 해당하는 인물 명단을 작성해 영화사 중역들에게 이메일로 보내야 했다.

　닭을 오븐에 집어넣고 장례식에서 울었던 남자가 선물한 와인을 딸까 말까 고민했다. 동시에 슈퍼마켓에서 사 온 낱개 포장된 로즈메리가 눈에 띄었다. 가지 하나만 달랑 담긴 밀봉된 봉지엔 바코드가 찍혀 있었다. 로즈메

검고 푸르스름한 어둠

리는 추억의 허브라지만 나는 오직 망각하고 싶을 따름이었다. 예전 가정집에서는 정원에서 볕이 가장 잘 드는 자리에 로즈메리를 심었다. 로즈메리는 무성하게 자라 가지마다 남보랏빛 꽃을 피웠다. 포장 봉지에 혼자 담긴 이 로즈메리 가지는 과거를 겨냥한 총알이었다.

*

결국 와인을 따기로 정하고 친구 릴리에게 한잔하러 오라고 문자를 보냈다. 딸기 한 상자를 사 들고 온 릴리가 자기 하루에 대해 이야기하며 목욕물을 받아 줬다. 내 딸과 딸의 10대 친구들이 식탁을 차렸다. 아이들은 큼직한 링 귀고리를 하고 입에는 립글로스를 바르고 있었다. 삶에 미치고 삶에 열광하는 아이들이었다. 아이들이 하는 말은 흥미롭고 예리하고 배꼽 잡게 웃겼다. 얘네라면 세계를 구할 수 있겠구나 싶었다. 다른 건 모두 잊었다. 딸과 딸 친구들과 릴리와 내가 남김없이 먹어 치운 차에 치인 통닭 살처럼, 모두 사라졌다.

사랑과 거리를 둔다는 건 위험 부담이 없는 삶을 산다는
의미다. 그런 삶을 살아 뭐 해? 전기 자전거를 끌고 공원
을 지나 헛간으로 향하는 동안 두 손이 추위로 파랗게 질
렸다. 어두운 데서 노상 열쇠를 찾아 더듬거리느라 장갑
은 일찌감치 포기한 터였다. 공원 분수 앞에서 잠시 발길
을 멈췄지만 운영이 중단된 모양이었다. 지자체에서 붙
인 공지문에 이 분수는 월동 처리됐습니다라고 적혀 있었다.

    나도 같은 처지라는 생각이 들었다.

사랑 없이 사는 건 시간 낭비다. 나는 글쓰기 공화국이자
어린이 공화국에 살고 있었다. 어쨌거나 나는 시몬 드 보
부아르가 아니니까. 그래, 난 그와는 다른 정거장(결혼)
에서 하차해 역시나 다른 승강장(자녀)으로 이동했다고
봐야 했다. 그는 내 뮤즈였지만 나는 명백히 그의 뮤즈가
아니었다.

    그렇긴 해도 우리가 같은 열차의 탑승권을 구매한 건

사실이다(그것도 각자가 직접 번 돈으로). 좀 더 자유로운 삶이 가능한 방향, 그게 이 열차가 향한 목적지였다. 목적지치곤 모호한 편이라 도착한들 과연 어떤 곳을 발견할지, 어떤 모습을 한 곳일지 아무도 몰랐다. 결국 끝이 없는 여행인 셈인데 그 당시만 해도 나는 이 사실을 몰랐다. 그저 내 길을 가겠다고 나섰을 따름이다. 그것 말고는 달리 목적지 삼을 곳도 없지 않나? 난 젊고 사랑스러웠으며, 열차에 올라타 다이어리를 열고 일인칭과 삼인칭으로 글을 쓰기 시작했다.

시몬 드 보부아르는 사랑 없는 삶이 시간 낭비임을 알았다. 사르트르를 향한 그의 꾸준한 사랑은 호텔에서 생활할 것, 사르트르와 가정을 꾸리지 않을 것, 이 두 가지를 전제했기에 가능하지 않았나 싶은데, 1950년대만 해도 이런 선택은 지극히, 어쩌면 보부아르 본인이 자각한 것보다도 훨씬 더 급진적이었다. 서로 다른 이들과 관계를 맺으면서도 보부아르는 51년에 걸쳐 사르트르를 자기 인생에 있어 필수적인 사랑의 대상으로 여기며 그에 헌신했다. 보부아르는 자기가 자녀를 원치 않으며, 사르트르의 아침 식사를 차린다거나 여타 심부름을 할 마음도 없고, 그에게 더 사랑스럽게 보이고자 세계와 지적으로 공감하고 교류하고 있지 않은 양 시늉할 생각 또한 추호도 없음을 알고 있었다. 보부아르는 인생 중년기를 끔찍하게 여겼는데, 나로선 그 이유를 온전히 납득하기가 어렵다. 그럼에도 보부아르는 작가 넬슨 올그런과 새로운 사랑에 한창 취한 시절, 편지에 이렇게 적기도 했다. "나는 삶의 모든 걸 누리고 싶어. 여자이고 싶고 남자이고 싶고, 친구가 많은 동시에 외로움을 누리고 싶고, 많이 일하고 좋은 책을 쓰고 여행을 하고 즐기며 지내고 싶어……"

언젠가 출간 투어를 위해 미국 시카고 공항에 도착했을 때, 출판사에서 내 앞으로 운전 기사를 지정해 준 적이 있다. 운전 기사의 이름은 빌이었고 빌은 시카고에 대해서라면 모르는 게 없었다. 빌이 나를 맨 먼저 데려간 곳은 시몬 드 보부아르가 넬슨 올그런의 품에 안기러 프랑스로부터 멀고 먼 거리를 건너온 시절 올그런이 살던 동네였다. 잎이 무성한 가로수 길 좌우로 베란다와 정원이 딸린 널찍널찍한 붉은 벽돌 주택이 늘어서 있었다. 올그런이 살던 당시에는 이 동네도 험하고 너저분한 곳이었고 올그런은 매춘부와 권투 선수, 마약쟁이와 어울렸다고 빌은 말했다. 나는 당대 손에 꼽을 지성인이었던 보부아르가 파리와는 천차만별인 시카고에 도착한 모습과 붉은 벽돌 건물 3층에서 사랑을 찾는 모습을 상상해 봤다. 올그런은 그를 사르트르에게서, 잠시나마, 감정적으로 그리고 성적으로 해방시켜 주었다.

호텔에서 눈뜨지 않는 기분이 어땠을까? 연인의 집에

서 손님으로 지내는 기분이? 짐작건대 올그런이 가구 몇 점과 전구 정도는 집에 장만해 두었을 테니 말이다. 보부아르를 초대한 건 올그런이었다. 대서양을 가로지르는 둘 사이의 연애가 끝날지도 모른다는 두려움에 그는 보부아르에게 편지를 보내 자기가 바라는 것을 진솔히 밝혔다. "나만의 주거 공간과 그곳에서 나와 함께 지낼 나만의 여자, 그리고 어쩌면 나만의 아이까지도. 이런 걸 바라는 게 유별난 건 아니지."

그래, 그런 좋은 것들은 하나도 유별나지 않다. 다만 자기가 치러야 할 대가가 올그런이 치러야 할 대가보다 크단 걸 보부아르는 알았다. 그리고 결국, 자기는 그런 대가를 치를 사정이 안 된다고 결론 내렸다. 제발 파리를 버리고 시카고로 와 함께 살자고 올그런이 사정했을 때, 보부아르는 이렇게 편지를 보냈다. "난 행복과 사랑만을 위해 살 수 없어. 내 글쓰기와 일이 유일하게 의미를 가지는 곳일지도 모를 이곳에서 계속 글을 쓰고 일을 하는 걸 단념할 순 없어."

글을 쓰면서 행복과 사랑과 가정과 아이도 가질 수 있지는 않았을까? 보부아르는 아니라고 생각했다. 나도 그게 얼마나 호락호락하지 않은 일인지 경험했다. 그럼에도 난 어린 나이부터, 내가 그리 선택만 한다면, 내 저작만큼은 작가인 내가 관리하고 감독할 수 있음을 알았다.

이건 말만큼 명백한 일이 아니다. 다른 이들의 인정과 더불어 가정과 자녀와 사랑을 얻겠다고 매 순간 모든 사람의 비위를 맞춰야 하는데, 작가로서 소신을 밀어붙이는 게 20대에 과연 가능하기나 했을까?

*

그럼 가정과 자녀와 사랑을 원한 올그런 같은 남자들의 경우는 어땠을까? 보스턴에서 묵게 된 호텔에서 나는 항구가 내다보이는 카페 자리에 여자 동행과 함께 앉은 남자를 보았다. 남자는 여자를 몹시 사랑했고 세심하고 자상하고 다정하게 그를 대했다. 여자는 샌들과 재킷과 선글라스와 팔목의 금팔찌까지 모두 벗어 옆에 둔 채였다. 햇빛 아래 반짝이는 맨팔에 남자가 입을 맞출 동안 먼 곳만 바라보던 그는 이윽고 남자의 입술과 햇살에 등을 돌리고 자리를 떴다. 얼마 후 남자는 여자의 샌들, 팔찌, 선글라스와 가방, 자기 카메라와 선크림 그리고 휴대폰을 챙겨 그늘진 테이블로 뒤따라 자리를 옮겼다. 남자의 삶속 누군가가 혹은 무엇인가가 그로 하여금 모든 짐을 짊어지고 모든 입맞춤을 자진할 만큼의 용기를 준 것이다. 이렇듯 남자가 그를 더 원하는 상황에서 여자는 남자의 용기를 꺾지 않으면서도 그런 대화의 운을 떼기 위해 어떤 방안을 모색해야 할까?

월동 처리된 분수 옆 돌계단에 앉아 있다가 제자 하나가 공원을 가로지르는 모습을 봤다. 제자는 빨간 코트를 입고 손에는 빨간 울 장갑을 끼고 있었다. 휴대폰으로 누군가와 통화 중인 듯했다. 조금 후에 오른쪽 장갑을 벗어 폰을 좀 더 단단히 쥐더니, 나무에 달린 몇 남지 않은 잎새를 향해 왼손을 뻗었다.

얼마 전에 이 제자는 자기 글을 읽어 봐 달라며 날 찾아왔다. 신인으로서 갓 내기 시작한 목소리가 비웃음을 살까 불안해하는 게 글에서도 보였다. 진심이 담긴 내용을 썼다 싶으면 곧바로 자기를 비하하는 농담을 적어 애써 매듭을 풀어 얻어 낸 진실을 폄하하고 있었다. 이건 혹시 인정받거나 사랑받기 위한 시도려나? 그런데 재능을 숨기라고 요구하는 사랑이 과연 사랑이기는 한가? 이 제자가 자기에게 영감을 주는 이들로 꼽은 작가 중에는 루시 슈오브란 이름으로 태어난 시인, 예술가, 제2차 세계 대전 당시 레지스탕스 활동가 클로드 카엉Claude Cahun도 있었고, 옆구리엔 늘 정신 의학자이자 혁명가이며 카리브해의 마르티니크섬에서 태어난 프란츠 파농이 쓴 『검은 피부, 하얀 가면들』을 끼고 다녔다. 이 제자도 자기 가정집의 벽지를 뜯어내고 그 자리에 드러난 헐벗은 벽돌 사이로 손을 집어넣은 셈이었다. 그 뒤에 뭔가 있음을 알아채고 손에 쥐어 보겠다고. 그가 내게 보여 준 단편엔 새장에 갇혀 노래 부르는 두 마리 새가 등장했다. 몇 차례 소설을 반복해 읽으며 나는 그 두 마리 새가 궁금해졌다. 제자는 새들에 크나큰 애착을 갖고 있었다. 글에 등장하는 외상적 경험은 우기에 해당하는 7월에서 9월 사이, 인도 남부를 배경으로 일어난다. 나는 제자에게 새들 대신 비를 소재로 삼아 보는 건 어떻겠냐고 제안했다. 결국 그는 소설을 다시 썼고, 글은 활력을 띠었다. 섬세하고 미묘하면서도 맹렬한 글이었는데 이런 조합에 성공하기란 여간 까다로운 일이 아니다. 랭스턴 휴스가 쓴 「4월의 비 노래」라는 시의 마지막 행이 소설 속에서 아이러니하고도 슬픈 후렴구처럼 반복되었다.

그리고 나는 비를 사랑하네.

제자는 자기 목소리가 묻힐 정도로 소란스레 울부짖던 새소리가 막상 사라지니, 자신의 목소리가 지닌 힘을 시인하기가 어려워졌다고 내게 말했다. 겁이 난다는 거였다. 내가 당신은 재능이 넘치는 작가라고 이야기하자, 제자는 울기 시작했다. 그러더니 "죄송해요, 제가 아침을 걸러서요" 하고 덧붙였다. 이어 배낭을 뒤적이더니 아주 작은 사모사 두 조각을 꺼냈다. 사모사를 싸 두었던 종이 냅킨을 펼쳐 눈물을 닦는 동안 그는 긴장한 모습이었고 손이 조금씩 떨렸다. 나중에 제자가 사모사를 내 사무실 책상에 남기고 간 걸 발견했다. 계단을 두어 층 뛰어 내려가 제자를 찾아 사모사를 다시 손에 쥐여 주자, 그는 나를 바라보며 "아니요, 선생님 드리려고 놓고 온 건데요"라고 말했다.

"아, 고마워요." 내가 말했다. "하지만 당신이 천재라는 사실을 알려 줬다고 나한테 선물을 줄 필요는 없어요."

엄마가 된 여성들이 배우는 "치명적인 인내심"이 그들 스스로를 해치는 길임을 보부아르가 앞서 바르게 짚어 내기도 했지만, 마르그리트 뒤라스에겐 이런 인내심이 없었다. 뒤라스는 『롤 베 스타인의 환희』를 쓴 뒤에 묘한 말을 했다. 자기가 "여성에게 전혀 낯선 의미로" 다가오는 방식으로 말하기를 스스로에게 허락했다는 것이었다. 그가 무슨 뜻으로 그리 말한 건지 나는 안다. 우리의 욕망을 주장하기란 너무나 어렵고, 차라리 그런 욕망들을 조롱하는 게 더 마음 편하기 마련이니까.

내가 작동을 멈춘 분수 옆에 서 있는 걸 보고 제자가 손을 흔들었다. 여긴 어쩐 일이냐, 근처에 사냐 등 한담을 주고 받은 뒤, 나는 월동 처리 중이라고 적힌 간판을 가리켜 보였다. 저런 말이 실제로 있긴 하냐고 제자가 물었다. 나도 처음 보는 표현이었다. 신조어려나? 우리는 폰으로 단어를 검색했고 '월동 처리하다'winterize가 '(무언가를) 겨울나기에 대비해 조치하다'를 뜻하는 동사임을 확인했다. 그렇다면 나는 아직 월동 처리가 전혀 안 된 상태라 봐야 했다. 오히려 한겨울에도 자기 안엔 불굴의 여름이 깃들어 있노라 선언했던 카뮈에게 동질감을 느꼈다. 난 여전히 홀러웨이 대로와 아드리아해의 유사성을 탐구 중이었다. 아직 그 발상에서 손을 놓지 못하고 있었는데, 적당한 결론으로 끌고 가기가 여간 어려운 게 아니었다. 제자는 최근에 미국 사진가 프란체스카 우드먼의 전시를 보았다고 말했다. 우드먼은 자화상 연작 작업을 옷을 입거나 벗은 채로 진행하는 과정에서 여성의 형상을 흐리고 모호하게 만드는 기법을 고안했다. 우드먼은 끊임없이 벽 속으로, 벽지 뒤로, 바닥 밑으로 사라지려 시도했고, 증기가 되어, 유령이 되어, 흔들리거나 얼룩으로 번져, 지워졌지만 알아볼 수 있는 여성 주체가 되고자 했다.

"맞아요." 제자가 말했다. "저도 그런 기분을 자주 느껴봤어요."

"그나마 장갑이라도 있잖아요." 내가 익살맞게 말했다. "그러니 나보다는 월동 처리가 잘된 셈이죠."

조금 뒤 나는 제자에게 어디로 향하던 길인지 물었다.

니샤라는 친구를 만나 아침을 먹으러 가는 길이었는데 마침 니샤도 사진 작가라고 그는 말했다.

"둘 다 여유가 없어 보통 풀 잉글리시 조식을 하나 시켜 나눠 먹어요. 베이컨, 소시지와 달걀 하나는 니샤가, 버섯, 토마토와 다른 달걀 하나는 제가, 그리고 베이크드 빈스와 해시 포테이토는 같이 나눠 먹죠."

"괜찮은 방식이네요." 내가 말했다. "근데 해시 포테이토는 미국 음식 아닌가요?"

"네, 미국과의 돈독한 관계를 자랑하는 잉글랜드식 조식을 전문으로 하는 데라서요. 사실 기왕 해시를 고르라면 전 해시 포테이토보단 해시 브라우니를 선택할 테지만요."

좋은 하루를 보내라고 제자와 인사 나눈 후, 나는 작업실 헛간이 있는 언덕 아래로 향했다.

헛간은 월동 처리가 된 상태였다. 이제 제법 따뜻하기까지 했다. 바닥에 켈림 융단 두 장도 깔아 두었지만 그렇다고 작업 공간을 가정집처럼 꾸밀 욕심일랑 없었다. 작업실엔 여전히 열 권 남짓한 책과 컴퓨터, 몇 권의 공책과 다이어리뿐, 물건이 별로 없었다. 소소하게 적어 보자면,

선인장 모양의 양초 하나.

'평화의 개' 데이지의 유골.

작은 세라믹 타일을 붙여 만든 액자에 든 멕시코산 거울 하나.

파란색 나무 의자 하나.

양피 러그 두 점을 걸쳐 둔 집필용 녹색 의자 하나.

냉동고 하나.

둥근 콘크리트 받침대와 한끝에만 은색을 입힌 전구가 달린 기다란 램프 하나.

초록색과 노란색 줄무늬 우산 하나.

견과류와 건포도가 함께 든 봉지 하나.

라디오 한 대.

한 달에 한 번씩 사과나무와 다른 식물들을 보살피러 찾아오는 정원사는 50대 중반의 남자 배우였다. 깊고 침착한 목소리와 더없이 푸른 눈을 가졌다. 우리는 요사이 읽고 있는 책과 그가 근래 맡았던 이런저런 단역에 대해 이야기했고, 우리 둘 다 왜 이리도 불안정한 직업을 선택한 거냐고 하소연하기도 했다. 그는 헛간이 겨울철 작업실 삼기엔 어쩐지 황량하고 엄한 공간이라 마음에 걸리는 눈치였다. 가끔 정원에서 허브나 겨울 꽃을 한 움큼씩 따다가 내게 가져다주곤 했다. 그런 그에게, 꽃은 사실 내 과거의 삶과 연관된 가장 괴롭고 고통스런 플래시백을 유발하는 트리거나 다름없다는 말을 차마 할 수가 없었다. 꽃이 어떻게 상처를 들쑤신다고? 과거로 이어지는 포털이나 다름없다면 꽃이라도 상처를 들쑤실 수 있고 들쑤신다. 꽃이 어떻게 조연과 주연에 관한 정보를 드러낸다고? 드러낼 수 있고 드러낸다. 꽃이 어떻게 범죄자를 닮느냐고? 작가이자 범죄자였던 장 주네는 죄수들의 줄무늬 복장에서 꽃을 연상시켰다. 꽃도 깃발도 우리를 대신해 많은 것을 말하도록 요구받지만 그래서 과연 무슨 말을 하고 있느냐 하면, 나로선 모르겠다.

정원사는 언제나 미래 신봉자다. 작고 보잘것없는 식물이 시간만 허락되면 높이 자라나 제 빛을 떨치리라는 사실을 아는 미래 신봉자. 미래 신봉자도 플래시백 회상을 경험할까, 아니면 플래시포워드로 미래의 비전만 보려나? 나는 내가 겪은 과거가 지기 스타더스트◇와 같은 결말을 맞게 되리라 상상하고 싶었다. 작별 인사와 함께 과거를 떠나보내곤, 여러 벌의 기찬 의상을 차려입고 망자들 틈에서 부활하는 나를 상상했다. 그래, 난 지기와 한패였고, 동시에 키르케고르에게도 전적으로 동의했다. "인생은 뒤로만 납득될 수 있다. 하지만 살기는 앞으로

◇ 데이비드 보위의 1972년 음반 제목으로, 동명의 가상 인물에 대한 이야기를 노래로 담았다. 보위의 페르소나나 다름없던 지기 스타더스트는 1973년에 '사망'한다.

살아야 한다."

나는 글을 쓰고 정원사는 정원 일을 하다가 각기 한숨 돌릴 때면, 그가 화분에 담아 기르고 있는 여러 종류의 민트를 내게 보여 주거나 사과나무를 저리도 엄격하게 전지하고 있는 이유를 상세히 이야기해 주곤 했다. 난 그새 사과나무에 정이 들었는데, 나무를 오르락내리락거리다가 헛간에 혼자 앉아 있는 나를 향해 느닷없이 눈길을 돌리는 다람쥐들이 영감을 줄 때가 있어서였다. 놀란 듯이 보이긴 해도 다람쥐들이 사실은 내가 거기 있다는 걸 진작에 알고 있었음을 난 알았다. 이는 내가 『알고 싶지 않은 것들』에서 다룬 주제이기도 한데, 그 글에서 난 우리가 알기를 꺼리는 것들이란 어쩌면 우리가 이미 알고 있지만 너무 면밀히 바라보려 들지는 않는 것들이 아닐까 추측했다. 프로이트는 아는 것을 알지 않으려 하는 이런 소망을 동기화된 망각motivated forgetting이라 불렀다.

다람쥐들과 정원을 나눠 쓸 수 있어 기뻤다. 새와 벌과 나비를 환대하고 또 환영하는 식물을 찾아 가정집에 들이며 20여 년을 보낸 나였지만, 이 파열의 시기에 내가 바란 건 고독한 헛간에 앉아 글을 쓸 책상과 의자뿐이었다.

정원사는 어느 대화 상대에게건 오롯이 주의를 기울이고 있다는 인상을 주는 사람이었다. 식물을 가꾸는 것에 버금가는 태도였다. 이 식물이 날씨와 토질에 어떻게 반응하고 다른 식물들과 어우러져 살면서 어떤 행동을 보일지 가늠하는 세심함. 그의 강렬한 푸른 시선을 보고 나는 그가 배우임을 알 수 있었다. 그는 모든 사물과 사람에 호기심이 있었다. 연기란 특이한 직업이라서, 배우는 다른 사람의 내면으로 들어가 그 안에 거처해야 한다.

헛간에서 메두사 신화를 연구하는 과정에서 내 안에 메두사가 들어앉았다. 메두사가 내 내면에 깃든 게 반길 일인지 아닌지 확신이 서지 않았다. 메두사는 막강한 힘을 지닌 여자이자 심기가 거슬린 여자였다. 남성의 시선을 피해 눈을 돌리는 대신 정면으로 되쏘아 보며 맞서는 여자를 주인공으로 하고 있다는 점에서 메두사는 신화 중에서도 특이한 경우에 해당하고, 결국 여자가 잔혹히 참수되는 장면으로 끝을 맺는다. 여자의 머리(곧 마음, 주관, 주체성)와 몸의 분리로. 여자의 머리가 지닌 잠재력이 그만큼이나 위협적이란 듯이 말이다. 로버트 그레이브스는 위협적인 여성 권력을 끝장내고 남성 지배를 공고히 하려는 목적에서 메두사를 참수한 것이리라 추정한 바 있다. 그런 메두사가 뜻밖에도 내가 새로이 쓰고 있던 장편 소설로 걸어 들어오기 시작한 거였다.

　그 무렵 나는 남편이 자길 도통 쳐다보지 않는다고 내게 털어놓은 여자를 종종 떠올렸다. "절대로요. 심지어 대화를 할 때도 눈만은 항상 다른 데 있어요." 두 사람과 동석할 기회가 생겼을 때 나는 배우자를 절대 바라보지 않는 이 남자를 바라보기 시작했다. 여자는 남편 말고도 사나운 개 두 마리와 넓은 집에 살았는데(부부가 조금이라도 서로를 살갑게 대하는 위험한 상황을 방지하고자 사나운 개를 키운 걸까?), 기묘한 유의 수동적 폭력에 시달리고 있었다. 그는 일터에서 더 많은 직무를 맡기 시작했다. 집에서 남편과 함께 생활해야 하는 시간을 최대한 줄이려 한 것이다. 두 사람은 한집에 살면서도 별도로 생활하고 잠도 각방에서 잤다. 일터에서 까다롭고 보람찬 일과를 마치고 귀가했을 때 함께 영화를 보며 저녁 시간을 보낼 사람이 있음에 여자는 만족스러워했다. 그러나 그 뒤 영화에 대해 이야기를 나눌 때조차 남편은 화면에서 눈을 떼지 않은 채로 자기 생각을 피력하는 버릇이 있었고, 엔딩 크레디트가 다 올라가고 한참이 지나도 상황은 나아지지 않는다고 했다. 그럴 때면 여자는 당장 방에서 나가 다른 데로 가고 싶은 충동에 붙들렸지만, 이내 여기가 자기가 사는 곳이자 자기 집이라는 사실을 기억했다.

현대 가정을 둘러싼 변덕스런 정치가 한층 복잡해지고 혼란스러워진 터였다. 내가 아는 현대적이고 외관상 힘 있어 보이는 여자 중의 다수가 다른 이들을 위해 가정을 꾸리고도 보금자리에서 느껴야 마땅할 마음의 안정을 찾지 못하고 있었다. 이들은 집보다도 사무실이나 다른 형태의 작업 공간을 선호하는 경향을 보였는데, 후자에선 그나마 누군가의 와이프 이상의 지위를 누리기 때문이었다. 오웰은 1936년에 쓴 「코끼리를 쏘다」란 산문에서 제국주의자는 "가면을 쓰며, 얼굴이 가면에 맞춰 점차 변해 간다"는 데 주목했다. 와이프 또한 가면을 쓰고, 그 갖가지 변형된 모습에 맞게 얼굴의 양태가 달라진다. 집 안의 주소득자인 여성 중엔 그들이 성취한 성공을 빌미로 남자 식솔에게 간사한 제재를 받는 이도 있었다. 남성 반려자가 원망과 분노, 우울감에 빠진 경우였다. 시몬 드 보부아르가 일러 주었듯 힘과 성공을 남자 몫으로 간주하는 세계에서 여자가 남자를 능가해서는 안 된다. 남자가 여자의 재능에 경제적으로 의지해야 하는 상황이라면, 남자들이 여자들에게 그리고 여자들에 관해 역사적으로 행사해 온 길고 긴 지배의 특권을 (현대적인 요소를 첨가해) 수월히 이어 나가기가 어려워진다. 동시에 여자는 자기의 힘을 숨겨야만 남자에게 사랑받는다는 치명적인 메시지를 수용하게 된다. 남자도 여자도 저희가 실은 남자 체면을, 아니나 다를까 가면에 맞게 양태가 달라진 남자의 얼굴을 살리자고 거짓말하고 있음을 안다. 남자의 눈은 언제고 세계에 들통날 가능성을 두려워하며 가면에 뚫린 구멍 밖을 주시한다. 이는 애벌레가 포식자에게 내보이는 가짜 머리이기도 하다. 가부장제의 가면이 기형적이고 도착적이라는 걸 남자도 모르는 바 아니지만, 그에게 가면은 상처로부터 자기를 보호해 주는 유용한 수단이다. 가면에 장식이 많이 붙을수록 그는 여자와 아이와 다른 남자를 위압하면서도 이성적인 사람으로 보일 수 있다. 무엇보다도 가면은 다른 남자들의 눈에 낙오자로 비칠지도 모른다는 불안감으로부터 그를 보호하기 위해 존재한다. 남자가 성공적인 사람으로 간주되는 이유가 여자들을 (가정에서, 일터에서, 침실에서) 진압하는 데 성공했기 때문이라면, 사회는 이런 측면에서 실패하는 것을 위업으로 여겨야 마땅하다.

여성을 완전히 억누르는 데 실패한 오늘날의 중년 남자가 자기 권한을 빼앗겼다고 여기면서 느끼는 고통—이는 세심함을 요하는 문제다. 그 주변의 여자들은 그런 남자를 위해 세심하게도 거짓말을 해 준다. 아드리엔 리치는 『가능성의 예술들』*Arts of the Possible*에서 거짓말의 기예에만 간결하고도 첨예한 한 장을 할애했다. 우리가 거짓을 멈출 때 더 많은 진실이 창조되고 또 가능해진다고 그는 지적한다.

그래서 나는 와이프를 좀처럼 처다보지 않는다는 남자와 다시 마주칠 기회가 생겼을 때, 와이프를 보지 않는 그를 역으로 쳐다보기 시작했다. 식탁에 둘러앉아서나 자동차 안에서 등등, 그가 와이프를 절대로 쳐다보지 않는 곳이라면 어디서든 그를 바라봤다. 그의 바라보지 않음이 무엇을 소통하기 위한 걸지 궁금했다. 내가 이걸 파악해 보려 한 건, 남자의 시선은 그 반대로 작동한다는 통념 때문이었다. 여자란 바라보이는 대상이어야지 바라보는 주체여서는 안 된다는 게 통설이니까.

바라보지 않음으로써 배우자에 대한 멸시를 전하려는 걸 수도 있겠지. 내가 당신을 바라보면 내가 당신이란 존재를 인지하고 있다고 당신이 생각할까 봐. 또는 내가 당신을 바라보면 당신을 사랑하는 내 마음을 당신이 눈치챌 텐데, 난 그런 내색을 하고 싶지 않거든. 또는 당신에게 시선을 주지 않음으로써 당신 또한 나를 쳐다보지 않으면 좋겠다는 마음을 전하려는 것이거나. 당신이 날 유심히 바라보았다간 내가 느끼는 한심함과 부끄러움, 무력감을 눈치챌 테니.

이 모두가 다 해당되는 걸 수도 있겠다. 이 중에서도 자기가 배우자를 사랑하고 있음을 내색하고 싶지 않은 경우가 가장 복잡한 상황일 테다. 이런 건 전달하기에도 무척 까다로운데, 나는 소설 『헤엄치는 집』에서 이와 유사한 경우를 분석해 보려 한 적이 있다. 한 남자의 배우자이자 종군 기자인 이자벨이라는 화신을 통해서. 이자벨은 계속해서 자기를 배신하는 남편을 사랑할 엄두를 (심지어는 쳐다볼 엄두도) 내지 못한다. 그래, 이 모든 걸 감안하면 결국 그 남자가 자기 배우자에게 내게 당신은 없는 존재나 마찬가지라고 말하고 있는 것임이 명백해 보였다. 메두사 신화에 묘한 반전이 더해진 셈이었다. 다른 신화들도 마찬가지고. 남편이 오이디푸스인 양 제 두 눈을 파냈는데 그럼에도 두 눈이 배우자를 향해 있는 것이다. 밤낮없이. 언제고. 그렇게 와이프를 쫓아내려는 시도였다. 이건 살인 미수나 다름없는 일이었다.

모든 글쓰기는 보고 듣고 세상에 주의를 기울이는 일과 관련 있다. 샬럿 브론테는 이러한 바라봄을 『제인 에어』의 중심에 두었다. 헛간 옆 사과나무를 오르내리는 다람쥐들이 내 존재를 언제나 지각하고 있었던 것과 마찬가지로, 제인의 모진 숙모 리드 부인은 궁핍한 조카딸이 항상 자기를 관찰하고 있다고 생각한다.

……그 아이의 도무지 이해할 수 없는 기질, 느닷없이 부리는 성질머리, 동작 하나 놓칠세라 사람을 빤히 바라만 보는 그 비정상적인 시선!

이는 내 어머니가 나에 대해 느낀 감정이기도 하다.

9
방랑하는 밤

어머니는 내게 헤엄치는 법과 노 젓는 법을 가르쳐 줬다. 남아프리카공화국에서 태어나 '윈디 시티'라고도 불리는 포트엘리자베스에서 성장한 어머니는 런던 북부에서 40여 년을 사는 동안 매일같이 바다를 그리워했다. 도리스 레싱의 두 번째 소설 『마사 퀘스트』가 남아공의 백인 식민주의자 문화라는 불모지이자 무지몽매함 가운데 자란 당신의 성장기를 정밀한 언어로 묘사하고 있다고 늘 이야기하곤 했다. 노년에 들어 어머니는 "물에 몸을 맡기는" 수영법을 터득했다. 요컨대 물속에서 뒤로 드러누워 "생각을 비우는" 동시에 "흐름에 항복하는" 기법이었다. 햄스테드 히스에 있는 수영 연못에서 내게 이 기법을 선보이기도 했다. 오리와 잡초, 낙엽이 부유하는 검은 수면에 오필리아처럼 드러누운 채로.

어머니한테서 배운 요령을 아직도 간간이 따라 해 보는데, 10초쯤 버티다가 이내 물속으로 가라앉고 만다. 마찬가지로 어머니의 죽음을 떠올릴 때면 10초쯤 버티다 이내 가라앉기 시작한다.

내겐 20대 후반의 어머니 모습이 담긴 사진이 한 장 있다. 친구들과 피크닉을 가서 바위에 앉아 찍은 사진이다. 막 헤엄을 치고 나온 터라 머리가 젖어 있다. 사색에 잠긴 표정을 짓고 있는데, 이는 내가 이제 와 어머니의 가장 좋은 면과 연관 지어 기억하는 표정이기도 하다. 무작위로 포착된 이 찰나에서, 어머니가 자기 본연의 모습에 상당히 근접해 있음을 엿볼 수 있다. 어린 시절이나 10대 시절에도 내가 어머니의 이런 사색적인 면을 장점으로 여겼는지는 잘 모르겠다. 꿈에 젖은 어머니가 우리에게 무슨 소용이라고? 우리는 우리 너머를 바라보며 다른 곳에 있기를 갈망하는 어머니를 원하지 않는다. 이 세계에 발 디딘, 활기차고 능력 있고 우리의 필요와 요구에 전적으로 집중하는 어머니를 필요로 하지.

어린 시절의 나는 어머니의 몽상가적인 측면을 조롱하고 돌아서면서 엄마는 어떻게 꿈도 하나 없느냐고 모욕했으려나?

낡고 닳은 이야기에 따르면 주인공이자 영웅이요 꿈을

좇는 사람은 언제나 아버지다. 아버지는 자기에게 딸린 여자와 아이들의 청승맞은 요구와는 멀찍이 거리를 유지한 채 자기 할 일을 하러 세계로 성큼성큼 걸어 나간다. 아버지는 자기 본연의 모습에 충실할 것이라는 게 통념이다. 어머니들이 우리를 위해 꾸려 놓은 가정으로 돌아왔을 때 아버지는 식구들에게 환영받거나 아예 낯선 이방인이 돼 버리고 만다. 후자의 경우에 그는 우리가 그를 필요로 하는 것보다 결국 우리를 더 많이 필요로 하게 된다. 아버지는 세계에 나아가 보고 온 것 중 일부를 우리에게 이야기해 준다. 우리는 우리가 매일같이 꾸려 가는 생활을 편집해 전한다. 우리 어머니들은 이러한 생활 가운데 우리와 살아가고, 가까이에 있다는 이유로 우리는 모든 걸 어머니 탓으로 돌린다. 동시에 우리는 어머니의 인품과 삶의 목적에 대해 이러쿵저러쿵하는 신화들과 공모하지 않으려 애쓴다. 그러면서도 어머니가 우리 몫의 불안감마저 떠맡을 것을 요구한다. 따지고 보면 우리의 삶은 매일매일 불안으로 넘쳐 나기에. 어머니에게 우리의 감정을 털어놓지 않을 때조차 우리는, 불가사의하게도, 우리가 느끼는 바를 어머니가 모조리 이해해 주리라 기대한다. 어머니가 우리에게 헌신하고 우리를 시중하는 자아가 아닌, 우리 너머에 있는 당신 본연의 모습에 충실한 자아에 가까워지기라도 하면, 우리의 보호자이자

양육자여야 하는 어머니의 신화적이고 원초적인 사명을 어긴 것으로 간주한다. 반면 어머니가 너무 가까이 다가온다 싶으면 어머니가 우리를 질식시키고, 전염되기 십상인 불안감으로 우리의 섬약한 용기를 감염시키려 든다고 여긴다. 아버지가 세계에 나아가 해야만 하는 일들을 할 때, 우리는 그게 아버지가 응당 해야 할 몫이라며 용인한다. 어머니가 세계에 나아가 해야만 하는 일들을 할 때는 어머니가 우리를 버렸다고 느낀다. 이리도 모순되고 사회의 가장 강력한 독기를 머금은 잉크로 쓴 메시지를 어머니가 용케 견뎌 내는 게 가히 기적이다. 그러니 이성을 잃지 않을 수가 있나.

내가 보기에 어머니란 존재는 언제나, 또는 거의 언제나, 즉 어린 시절과 어린 시절 뒤에 오는 생애 전체에 걸쳐, 광기를 상징한다. 우리의 어머니란 우리가 만난 사람 중에서 언제나 가장 희한하고 제정신이 아닌 사람이다.
마르그리트 뒤라스, 『살림살이』 *La Vie matérielle*

10대 시절, 나는 옷차림 때문에 어머니와 가장 많이 다퉜다. 내가 겉치장으로 표현하고자 한 내면의 모습에 어머니는 당혹감을 느꼈다. 어머니는 내게 닿을 수도, 나를 알아볼 수도 없다고 느꼈다. 물론 그건 내가 노린 바이기도 했다. 실제로 느끼는 것보다 더 용감한 페르소나를 지어내던 중이었으니까. 나는 버스에서 그리고 우리가 살던 교외지의 거리에서 비웃음과 조롱을 사는 걸 감수했다. 그런 식으로 날 조롱하는 사람들과는 조금도 닮고 싶지 않다는 게 내 은색 플랫폼 부츠의 지퍼 속에 도사린 숨은 메시지였다. 때로 우리는 소속되기를 바라는 만큼이나 소속되지 않기를 바라기 마련이다. 유독 갈등이 심한 날이면 어머니는 "네가 뭔데?"라고 묻곤 했다. 열다섯 살에 나는 이 질문에 어떻게 대답해야 좋을지 감조차 잡지 못했지만 그래도 1970년대를 살아가는 젊은 여자로서 사회적으로 소유하지 못한 자유를 쥐어 보고자 최대한 손을 뻗고 있었던 셈이다. 그러지 않고서야 달리 방법이 있었나? 다른 사람이 우리 대신 상상해 온 인물이 되는 건 자유가 아니다. 다른 사람의 두려움에 우리 삶을 저당잡히는 일이지.

상상으로나마 자유롭다고 여기지 못한다면, 우리는 스스로에게 맞지 않는 삶을 살고 있는 것이다.

내 어머니는 삶에 있어 나보다 용감했다. 그리도 사랑하던 상류층의 앵글로 색슨계 백인 프로테스탄트 가족으로부터 도망쳐 무일푼의 유대인 역사학자와 결혼했다. 그리고 그와 함께 당시 남아프리카공화국에서 전개 중이던 인권 운동에 가담했다. 똑똑하고 글래머러스하며 재치가 넘치던 20대 초반의 어머니는 끝내 대학에 진학하지 못했다. 주위의 어느 누구도 어머니가 얼마나 무궁무진한 재능을 타고난 사람인지 알려 주지 않았다. 그 계층의 여자들은 출가한 즉시 결혼하거나, 아무리 늦어도 취직한 뒤에는 결혼하리라는 것이 당연시되던 때였다. 물론 명목상의 취직이지 진지한 커리어로 이어질 일은 아니었다. 어머니는 타자술과 속기술을 배웠고 남자 상사들 마음에 들 만하게 옷차림하는 법을 배웠다. 어머니는 당신이 조금 덜 숙련된 비서였더라면 좋았겠다고 생각했지만, 아버지가 정치범이 된 동안 어머니가 우리를 먹이고 뒷바라지할 수 있었던 건 빠른 타자술 덕이었다. 어머니는 말 잘 듣는 딸이 되라는 요구에서 그치지 않고 나를 많이 다그쳤지만, 나 역시도 어머니가 당신 본연의 모습(그게 더 낫건 아니건 간에)에 충실하길 원하지 않았다는 걸 이제는 알겠다.

내가 딸들과 언덕 위 아파트로 이사하고 1년 뒤, 어머니가 치명적인 병에 걸렸다. 병원에서 걸려 올 전화를 기다리면서, 나는 매시를 알리는 새소리를 들으며 뜬눈으로 밤을 새웠다. 나이팅게일은 자정이 되기 바로 직전에 울었다. 주차장 가로수의 추적거리는 나뭇가지 틈에 나이팅게일이 실제로 앉아 있는 것만 같았다. 어머니는 당신이 죽거든 시신을 산꼭대기로 운구해 새들이 뜯어 먹도록 두면 좋겠다고 늘 얘기하곤 했다.

마지막 몇 주간 어머니는 먹지도 마시지도 못했다. 하지만 특정 상표의 막대 아이스크림만큼은 핥아 넘길 수 있었다. 이 아이스크림은 세 가지 맛으로 출시됐는데 어머니가 가장 좋아한 맛은 라임, 그다음은 딸기, 가장 싫어한 맛은 오렌지였다. 겨울이다 보니 이 아이스크림을 파는 데가 많지 않는데, 다행히도 터키계 형제 셋이 운영하는 동네 잡화점 냉동고에는 있었다. 세 형제는 종종 낮고 기다란 이 냉동고의 미닫이 뚜껑 위에 버섯을 상자째 올려 두고 팔았다. 냉동고는 가게 한복판에 있었고 그 위엔 버섯 상자 말고도 복권, 할인 중인 청소 용품, 캔에 든 탄산 음료, 구두약, 건전지, 패스트리류 같은 것들이 올려져 있었다. 냉동고 안에는 죽어 가는 내 어머니의 유일한 낙인 막대 아이스크림이 있었다. 당시 나는 난파한 결혼 생활과 어머니의 암 진단이 1년 간격을 두고 잇따른 탓에 정신이 초토화된 상태여서, 형제들에게 내가 왜 2월 들어 아이스크림을 사러 매일같이 가게를 드나들기 시작한 건지 설명할 수가 없었다. 눈시울이 젖은 암울한 얼굴로 자전거를 밖에 대고 가게에 들어설 따름이었다. 그러곤 말 한마디 없이 버섯과 복권과 할인 중인 청소 용품과 캔에 든 탄산 음료와 구두약과 건전지와 패스트리를 한쪽으로 치우기 시작했다. 이어 냉동고 문을 밀고 아이스크림을 찾아 안을 뒤적거리다가 라임 맛을 찾으면 의기양양, 딸기 맛을 찾으면 안도의 한숨을 쉬었고, 오렌지 맛을 찾으면 그런대로 만족했다. 아이스크림을 꼭 두 개 골라 계산하고는 자전거에 올라 어머니가 마지막 나날을 보내고 있는 언덕 아래 병원으로 내려갔다.

*

병실 침대 옆에 앉아 막대 아이스크림을 어머니 입술에 가져다 대면 어머니는 만족해하며 으으음 소리를 연발했다. 그 소리를 듣는 게 기뻤다. 어머니는 노상 목이 탄다고 했다. 병실에 냉장고는 있어도 냉동고가 없어 두 번째 아이스크림은 어김없이 녹고 말았지만, 그래도 난 무슨 의례처럼 꼭 두 개를 사 갔다. 아예 한꺼번에 사다가 집에 보관해 뒀으면 편했겠다 싶은데, 어지간히 고단했던 그땐 그런 생각조차 못 했다. 그러다 끔찍한 상황을 맞고 말았다. 평소처럼 잡화점까지 자전거를 타고 가 세 형제가 의아한 눈으로 지켜보는 가운데 냉동고 위에 놓인 물건들을 싹 밀치고 문을 열었다. 그때 처음 깨달았다. 이 아이스크림이 세 가지 맛이 아니라 네 가지 맛으로 출시

된다는 사실을. 라임과 딸기 맛, 제일 싫어하는 오렌지 맛마저도 떨어지자 형제들이 네 번째 맛 아이스크림을 들인 거였다. 고개를 들자 형제 중 막내의 자상한 갈색 눈이 나를 보고 있었다.

"아니, 어떻게 풍선껌 맛밖에 없어요?" 나는 큰 소리로 외치기 시작했다. 도대체 누가, 도대체 무슨 이유로, 풍선껌 맛 아이스크림을 파는 건 둘째치고 애초 만들 생각을 한 거죠? 그럴 이유가 세상에 어디 있다고, 그리고 내가 지금 사정이 급해서 그러는데 이게 아닌 다른 맛으로, 라임 맛이면 정말 좋겠고, 최대한 빨리 주문해 줄 수는 없을까요?

막내 형제는 나와 달리 소리를 지르지 않았다. 내가 풍선껌 맛 아이스크림 두 개 값을 치르는 동안 당혹스러워하며 침묵을 지킬 따름이었다. 병원을 향해 자전거 페달을 밟는 내내 나는 대재앙이 벌어졌다는 느낌을 떨칠 수가 없었고, 그 아이스크림이 어머니를 하루 더 살게 해 줄 유일한 방도나 다름없었기에 실제로도 재앙이 맞았다.

병원으로 가는 길에 가게 몇 곳을 들렀지만 어머니가 그나마 넘길 수 있는 그 특정 상표의 아이스크림을 파는 곳은 한 군데도 없었다. 그리하여 난 뼈가 앙상해진 어머니 옆에 앉아 포장지를 벗긴 풍선껌 맛 아이스크림을 어머니 입술에 가져다 대기에 이르렀다. 한 번 핥아 보더니 어머니는 인상을 썼고, 한 번 더 흙고는 고개를 저었다. 내가 가게에서 미친 사람처럼 고래고래 고함을 질렀다는 이야기를 하자 어머니 입에서 작디작은 소리가 연달아 나오며 가슴이 위아래로 움직였다. 어머니가 웃고 있다는 걸 알 수 있었고, 이건 우리가 함께한 마지막 날들 중에서 내가 가장 아끼는 기억이 됐다. 그날 밤 어머니 침대 옆에 앉아 책을 읽다 말고 세면기에 분홍색으로 녹아내린 풍선껌 맛 아이스크림을 회한에 찬 눈길로 바라봤다. 사실 책에 집중할 수가 없어 그저 페이지나 훑고 있던 참이었지만, 그렇게라도 어머니 옆을 지키고 있다는 데서 위안을 얻었다. 그날의 마지막 회진을 돌던 의사가 병실에 들어왔을 때 어머니가 앙상한 손을 들어 보이며 그 무렵에 이르러 극도로 작아진 목소리로 용케 고압적이고 위엄 있게 말했다. "조명을 더 가져오라고 하세요. 내 딸이 어둠 속에서 책을 읽고 있잖아요."

3월에 어머니 장례식을 치르고 나서, 잡화점에 들러 내가 그리 이상하게 행동했던 이유를 형제들에게 설명해야겠다는 생각이 들었다. 어머니의 임종을 지켜야 했던 마지막 몇 주에 대해 털어놓자 이번에는 내가 아니라 그이들이 속이 상해 말을 잇지 못했다. 고개를 저으며 한숨을 쉬거나 끙 하고 앓는 소리를 낼 따름이었다. 얼마 후

방랑하는 밤

에 그중 맏형이 "진작에 말하지 그랬어요"라고 말했다. 늘 최신 유행의 재킷을 입고 다니는 둘째가 "뭐라고 귀띔이라도 해 줬으면 우리가 도매상에 가서 사 왔을 텐데요"라고 말을 이었고, 다른 두 형제보다 목소리가 높은 막내는 손바닥으로 이마를 철썩 치며 "그런 사연일 줄 알았어요…… 아픈 사람 사다 주는 거라고 내가 그랬지?"라고 말했다. 그러고서 세 형제는 화난 시선을 일제히 냉동고로 돌렸다. 내 어머니가 마지막에 유일하게 먹을 수 있었던 아이스크림이 하필 가장 질색하는 풍선껌 맛이었던 끔찍한 상황이 다 저 냉동고 탓이라는 듯이. 이번엔 내가 형제를 보고 웃음을 터뜨릴 차례였고 그러자 형제들도 안심하고 따라 웃었다. 죽음은 또한 언제나 부조리하다는 점을 마침내 시인하자, 그 공포의 손아귀에서 훅 놓이는 기분이었다. 가게 바닥에는 젖은 신발에 리놀륨이 상하지 말라고 판지 상자가 깔려 있었다. 함께 웃는 사이 축축하고 얼룩진 판지가 우리 발밑에서 미끌거렸다. 터키계 형제에게 자초지종을 설명하고 나니 기분이 한결 나아졌고, 어떤 면에서는 내 아이들의 아버지 되는 사람에게도 더 자세히 설명했더라면 좋았겠다는 생각이 든다.

몇 주간 골을 내며 냉동고 한끝으로 밀어젖히기만 했던 버섯을 사러 어느 일요일에 잡화점에 들러 보니 터키에 휴가를 갔던 막내 형제가 돌아와 가게를 지키고 있었다. 그가 신문에 싼 물건을 선물이라며 건넸다. 포장을 열자 은으로 세공한 격자 무늬 잔 받침과 뚜껑이 딸린 희고 자그마한 커피 잔이 나왔다. 그는 내가 예전에 터키 커피를 사면서 유리잔에 마신다고 말했던 걸 기억하고 있었다고 했다. "그런데 유리잔은 차 마실 때 쓰는 거고, 터키 커피에는 이 잔을 쓰는 게 맞거든요." 그가 말했다.

그 잔이 조의를 담은 선물임을 알 수 있었다.

*

지금까지도 나는 그 잔을 어머니가 세상을 떠났다는 사실의 징표로 본다. 글을 쓰다가 작은 구리 주전자에 터키 커피를 끓여 그 잔에 붓고 은 뚜껑을 덮곤 한다는 얘기를 아직 가게의 막내 형제에게 털어놓지는 못했다. 이건 내 글쓰기 일과의 작은 의례가 되었다. 자정부터 다음 날 이른 시간까지 진하고 향기로운 커피를 홀짝이다 보면 지면에서도 어김없이 흥미로운 일이 벌어진다. 글쓰기용 의자에서 한 발도 안 움직이고 밤을 거니는 방랑자가 된다. 낮보다 부드럽고 조용하고 슬프고 차분한 밤, 그리고 그 밤을 채우는 소리들. 창문을 두드리는 바람 소리, 배관에서 올라오는 소리, 엔트로피 법칙에 따라 삐그덕대는 바닥 마룻장과 유령처럼 오가는 야간 버스 소리, 그리고 도시에 사는 한은 어디서건 들려오기 마련인 바닷소리를 닮은 희미한 소리, 바다를 닮았지만 실은 그저 삶일 뿐인, 더 많은 삶의 소리. 어머니가 돌아가신 후, 그게 내가 원하는 것임을 깨달았다. 더 많은 삶.

　어째선지 나는 어머니가 돌아가신 후에도 계속 살아 계실 거라고만 생각했다. 어머니가 내게 헤엄치는 법을 가르쳐 주었던 바다, 그 바다와 닮은 저 소리 가운데 어머니가 있다고 생각하고 싶지만, 어머니는 거기 없다. 어머니는 훌쩍 사라지듯이 떠나 자취를 감췄다.

어머니가 돌아가시고 몇 달 후, 베를린의 한 축제에서 『알고 싶지 않은 것들』을 낭독하게 되었다. 내 옆에는 번역가가 앉아 있었다. 우리는 내가 영어로 먼저 세 문장을 읽으면 번역가가 관객을 위해 그 문장들을 독일어로 옮겨 주는 방식으로 낭독을 진행하자고 미리 의견을 모았다. 나는 글을 읽기 시작했고, 그러다 일곱 살의 내가 어머니 품에 안겨 있는 대목에 이르렀다. 예상하지 못했던 충격. 귀신을 맞닥뜨린 기분이었다.

　엄마와 내 머리가 맞닿으면 그건 고통이었고 또한 사랑이었다.

목소리가 갈라지는 바람에 낭독을 하다 말고 입을 다물었다. 번역가는 내가 남은 문장을 마저 읽기를 기다렸다. 오도 가도 못 한 채, 조각난 문장을 나와 사이에 두고 허허바다에서 표류 중인 셈이었다. 이 단어들이 열차라면, 열차가 갑작스레 속도를 줄이더니 결국 급정차해 버린 꼴이었다. 잠시 후 열차가 아프리카에서의 과거를 먼지처럼 뒤집어쓰고 기차역에 가까스로 도착했을 때, 번역가의 목소리는 단호하고 건조하게 변했다. 이건 사실 다행한 일인지도 몰랐다. 입 밖으로 단어를 꺼내기 힘들었던 그 순간이 1년간 한마디 말도 하지 않고 지냈던 어린 시절로 나를 곧장 데려갔다. 목청을 키워 큰 소리로 말하라는 요청을 받을 때마다 단어들이 수치심에 몸을 떨며 도망쳤다. 하지만 말을 찾기 위해 들여야 하는 고된 노력이 언어란 살아 있는 것임을 내게 지각시키고, 생명을 지속하게 하는 지극히 중요한 것이란 사실 또한 상기시켰다. 아주 어린 나이부터 우리는 자기 표현을 할 줄 알아야 한다고 배우지만, 언어를 중단하는 것이 적당한 언어를 찾는 것 못잖게 중요한 순간들도 있다. 진실이 저녁 식사 자리에 모인 손님 중에서 반드시 가장 재밌는 손님으로 꼽히는 것도 아니고, 더군다나 뒤라스가 암시하듯 우리에겐 다른 어느 누구보다도 우리 자신이 항상 더 비현실적으로 다가오기 마련이다.

*

베를린에서의 낭독이 끝나고 나는 독일 출판사 대표와 함께 작가 텐트 밖에 앉아 있었다. 그는 궁금한 게 있다고 했다.

"낭독을 할 때 선생님은 배우가 되나요?"

낭독하려다 중단되었던 세 문장이 마침내 청중에게 전달됐을 때, 그 어조가 유난히 감정적이었던 걸 눈치채고 한 말이었다. 기회였다. 이 여성 출판인에게 어머니가 최근에 돌아가셨으며, 돌아가신 어머니를 지면으로 다시 마주하게 되어 충격이 상당했다고 설명할 기회. 하지만 나는 이런 말을 하지 않았다. 아무 말도 하지 않았다. 그러니 가게의 세 형제가 내 출판사 대표보다 처지가 나았다고 봐야 할 터.

"안색이 굉장히 창백하세요." 대표가 말했다. 그 말에도 나는 뭐라 대꾸해야 좋을지 몰랐다.

조금 뒤, 나는 페스티벌 야외 행사장에서 커리부어스트 소시지를 팔고 있는 노점상을 가리키며, 눈 내리는 베를린의 한 커리부어스트 트럭 옆에서 자기가 배신한 사람을 기다리는 주연급 남성 인물을 쓰고 싶다고 이야기했다.

"커리부어스트는 낭만적인 요리가 아니에요." 그가 내

말을 끊으며 말했다.

"네." 내가 대답했다. "하지만 사랑은 전쟁과 같아요. 어쨌거나 길을 찾아내죠."

사랑은 어머니와 나 사이에 주기적으로 반복되던 전쟁을 가로지르는 길도 찾아냈다. 시인 오드리 로드가 누구보다 잘 표현했다. "나는 내 어머니가 비밀로 쓴 시의 반영이자 그가 숨겨 온 여러 분노의 반영이다." 어머니는 1992년에 요하네스버그에서 내게 엽서를 보냈다. 아파르트헤이트에서 민주주의로 전환하던 거센 정치적 풍파의 시절에 가족을 뒷바라지하던 당신을 물심양면으로 도운 친구들을 보러 떠난 여행이었다.

월터 시술루◊의 생일 피로연에 참석하는 걸로 휴가를 퍽이나 근사하게 시작했다. 못 본 지 100년쯤은 되는 사람들을 다 만난 것 같구나. 나딘 고디머 옆에 앉았어. 아주 왜소하고 말랐는데 새처럼 총기가 넘치더구나.

◊ Walter Max Ulyate Sisulu(1912~2003). 넬슨 만델라와 함께 남아공의 반아파르트헤이트 운동을 이끈 지도자로 아프리카민족회의African National Congress 사무총장(1949~1954)과 부의장(1991~1994)을 지냈다. 케이프타운 로벤섬에서 25년간 투옥 생활을 한 끝에 1989년 석방됐다.

방랑하는 밤

*

어머니는 엽서 앞면에 볼펜으로 ✕ 표시를 하고 "✕가 내가 지금 있는 데다"라고 적었다. 커다란 고가 도로 너머, 통신탑과 마천루 건물 근처 어딘가에 위치한 동네에 있다는 것 같았다. 지금 와 엽서를 볼 때면 그 ✕ 자가 가장 마음에 와닿는다. 볼펜을 쥔 손으로 엽서에 펜촉을 눌러가며 내가 당신을 찾을 수 있게 남겼을 그 표지가.

어머니가 돌아가시고 몇 주간, 지리적인 방향 감각을 모두 잃었다. 내 안의 자체 내비게이션 시스템이 표류 중인 건지, 방향을 도무지 가늠할 수가 없었다. 이 애도의 시기 동안은 전기 자전거를 타고 싶은 마음이 영 들질 않아 스마트폰에 택시 회사 애플리케이션을 다운받았다. 앱을 통해 택시 기사가 내가 있는 곳의 위치 정보를 받고는 위성 항법 기술의 도움으로 날 목적지까지 데려다주는 원리였다. 그리해 나는 사랑하는 도시 런던에서 길을 잃는 원초적인 공포를 경험하고 말았는데, 그것도 길을 통 모르는 기사에게 의지한 동안에 그런 일을 겪어야 했다. 위성 항법은 믿고 기댈 만한 어머니 같은 존재가 아니라고도 말할 수 있겠다.

우리가 지금 어디 있는 건가요? 전에 있었던 건 어디고요?

이건 그 기사가 대답할 수 있는 질문이 아니었다. 그에겐 마음의 눈으로 따를 ✕ 표시 같은 게 없었다. 내가 가야 할 곳은 북쪽인데 위성 내비게이션이 남쪽으로 가라고 기사에게 이르면 우린 영락없이 내비게이션을 따라야 했다. 기사에겐 내비가 유일한 나침반이었다. 우리는 창세기가 시작하는 시점, 지구가 형체 없고 (화면에 뜬 기호를 제외하고는) 텅 빈 채로 존재하던 때에 차에 올라탄 거나 마찬가지였다. 운전자들이 도시를 몸소 겪는 방식이 위성 내비게이션 기술로 인해 아예 전원 꺼짐 상태에 이르고 만 형국이었다. 그리해 기사들은 뿌리도 역사도 없고, 한 장소와 다른 장소 사이의 거리를 가늠함에 있어 스스로의 기억도 감각도 신뢰하지 못하는 처지가 된 것으로 보였다. 런던 사람들이 단순히 '강'이라 부르는 템스 강도 이 기사에겐 하등의 지리적 의미를 지니지 않았다. 346킬로미터를 흐르는 이 염분 섞인, 대부분이 소금물인 강은 세상의 추상적인 도시들 각기에 흐르는 여러 추상적인 강 중 하나일 뿐이었다. 한때 런던항이라 불리며 수습생들이 그 물속 깊숙이에서 연어를 낚아 먹기도 했던 '강'은 이제 디지털 기호들로 이루어진 문법에 불과했다. 차분하고도 단호히 길을 안내하는 로봇의 음성을 들으면서 나는 저 '목소리'가 곁에 있는 한, 우린 어디에고 있을 수 있음을, 어디에 있건 상관없음을 깨달았다. 지형지물이라곤 아예 존재하질 않았다. 택시 기사는 우리가 사우스켄싱턴 북부를 통과하며 지나친 런던의 대표적 랜드 마크인 로열 앨버트 홀은 거들떠도 안 봤다. 그 물리적

실체에 전혀 무심했고, 대신 그는 내비와 실존적으로 함께이되 혼자였다. 앨버트 홀 음악당은 고대 영어로는 '땅의 표지'landmearc라 부르던 랜드 마크지만, 기사는 디지털 표지mearc와 덤으로 딸려 오는 실시간 교통 정보 서비스만 알아봤다.

이번 현기증이 유난히 극심한 이유가 어쩌면 내 출생지와의 연결 고리가 끊겼기 때문인지도 모르겠다 싶었다. 어머니는 나를 아프리카와 영국 잉글랜드에 연결해 주는 고리였다. 어머니의 몸이 내게는 최초의 땅의 표지였다. 자녀인 우리를 키운 것도 어머니였고, 어린 시절의 기억 중 대부분이 지구상에 존재하는 어머니와 쌍을 이루었다. 어머니가 내 태고의 위성 내비게이션이었던 셈인데, 내비 화면이 이제 완전히 꺼진 것이다.

우리가 디지털 '음성'의 안내를 받으며 유서 깊은 도시를 통과하는 동안, 나 역시 몸에 지니고 다니는 손바닥만 한 전자 기기들에 푹 빠져 있었다. 내가 잊어버린 암호를 찾으려 들거나 구글에 무언가를 검색하는 동안—물어볼 질문이란 언제나 넘치기 마련이니—이 기기들은, 사회 심리학자 셰리 터클의 말을 빌리면, 내 "제2의 자아"가 된 것이다.

사망 신고는 어떻게 하나요?

이맘때 나는 길을 잃고 헤매는 사람들을 끌어모으는 자석이 되었다. 한번은 런던에서 블랙 캡 택시를 잡아탔는데, 기사가 도시의 지리엔 훤해도 정작 자기 내면의 지리는 산산조각이 난 상태라 갈피를 잡지 못하는지 그가 하는 말에서 이성을 찾아볼 수가 없었다. 그는 런던에 있는 현금 지급기를 모두 찾아다니는 중이라며 벽에 뚫린 그 구멍들을 통해 자기 메시지를 기다리고 있을 외계 존재들과 소통해야 한다고 말했다. 나는 목적지에 도착하기도 전에 택시에서 도망치듯 뛰어내렸다. 모든 걸 감안할 때, 오리무중이긴 해도 정신 온전하고 겸허한 택시 기사가 낫다는 결론이 났다.

*

장례식에서 울었던 남자가, 오랜 세월을 함께한 연인이 세상을 떠났을 때 자기도 한동안 방향 감각을 잃고 지냈다고 말해 줬다. 그러더니 일주일간 휴가를 냈다며 내 기사 노릇을 하겠노라 자진했다. 자기가 한가한 틈을 기회로 삼으라며 나보고 이 김에 일주일 휴가를 내면 어떻겠느냐고 했다. 휴가를 낼 경제적 여유가 없다고 대답했지만, 결국은 그가 시키는 대로 했다. 그는 자기가 어디로 가고 있는 건지 대강이나마 알고 있었다. 그의 새 연인 제프도 가끔 우리와 동행했다. 한번은 모르는 사람이 차에 앉아 있었다. 검고 긴 머리의 여자, 지난번 파티 때 붉은 벨벳 소파에 앉아 있었던 클라라라는 여자였다. 클라라 는 장례식에서 울었던 남자의 일터 동료로, 남아메리카 출신의 연구자였다. 연구 펠로십 차 휴직하고 영국에 와 있다고 했다. 클라라가 왜 우리와 한 차에 타고 있는 건지 는 몰랐지만 그도 드라이브를 즐기는 눈치였다. 길이 막 혀 차가 움직이지 않자 그는 펜을 꺼내 종이에 뭔가를 적 었다. 복잡하게 엉킨 생각을 풀어내려는 와중인지 꽤나 고뇌에 찬 표정을 짓기에, 나는 어깨 너머로 쪽지를 훔쳐 봤다.

토마토 아보카도 레몬 라임

또 어느 날인가는 3킬로미터에 걸쳐 이어지는 홀러웨이 대로를 내려가던 중에 내가 그에게 "이게 홀러웨이 대로 예요. 아드리아해와 좀 닮았죠"라고 말했다. 그러자 클 라라는 창밖으로 3차선에 걸쳐 오가는 차들을 바라봤다. 경찰차 한 대가 사이렌을 켜고 버스 전용 차로를 질주하 고 있었다. 맥주 캔, 망가진 우산, 누군가가 먹다 버린 프 렌치 프라이 용기가 인도에 쌓여 있었다. 클라라는 길의 표면을 뜻하는 영어 단어가 뭐냐고 물었다. 안경을 목 주 위에 걸고 다니는 제프가 안경을 콧등에 얹더니 오페라

무대라도 내려다보듯 렌즈 너머를 유심히 내다봤다. 그러곤 클라라에게 혹시 '타맥'을 말하는 거냐고 물었다.

"맞아요." 클라라가 답했다. "타맥 밑은 해변."◇

더없이 흥미로운 동행 세 사람과 휴가를 떠난 기분이었다.

장례식에서 울었던 남자는 클라라가 저명한 교수이며, 클라라의 강의를 듣는 학생들은 시간에 맞춰 오는 게 아니라 강의 시간보다 일찍 와 기다린다고 내게 알려 줬다. 군부와 관료 엘리트에 저항하는 대중 봉기가 클라라의 연구 주제라고 했다. 알고 보니 클라라는 매일같이 수영을 다녔다. 우린 같이 수영을 가기로, 단 물속에서는 서로 말을 일체 하지 않기로 합의했다. 런던 여기저기 흩어져 있는 수영장까지 기사가 차로 데려다줬고, 크롤 수영법으로 레인을 오가면서 클라라와 나는 우리에게 화젯거리가 아주 많다는 걸 알게 됐다. 클라라는 수영할 때 머리를 꼭 땋았다. 터키석 반지를 물에 빠뜨렸을 땐 안전 요원에게 수영장 물을 빼 달라고 했다. 안전 요원은 농담인 줄

◇ 68 혁명의 슬로건 '포석 밑은 해변!'Sous les pavés, la plage!을 비튼 표현이다. 바리케이드를 치고 경찰에게 던지려 길에 깔린 포석을 파내던 학생들이 그 밑에 모래가 깔려 있는 걸 발견하고 고안한 슬로건으로, 상황주의 운동과도 맥이 닿아 있다.

알았지만 클라라는 진지했다. 알고 보니 반지는 클라라가 수영장 한쪽에 놓아둔 책 안에 있었다. 수영을 마친 뒤축축한 수건을 돌돌 말아 겨드랑이에 끼우고 밖에 나오면 기사가 우리를 기다리고 있었다. 우린 펍에서 점심을 먹고 런던의 공원을 산책했다. 봄날, 수선화가 파릇파릇한 풀 사이를 비집고 올라왔다. 개인 운전 기사가 생긴 건 복잡한 과거사로 얽히지 않은 부모를 둔 것과 비슷한 느낌이었다.

클라라가 내 집에서 요리를 해 보겠다고 했다. 나는 임시 운전 기사와 어느새 임시가 아닌 정식 연인으로 자리를 잡은 기사의 친구도 동석한다는 조건하에 제안을 받아들였다. 클라라는 틸라피아라는 생선을 사겠다고 가더니 붉돔을 들고 돌아왔다. 내겐 라임(레몬이 아니라), 아보카도, 토마토를 사 오라고 지시했다. 클라라는 내가 사는 건물의 공동 복도가 너무 무섭다고 고백했다.

"맞아요." 내가 말했다. "그래서 사랑의 복도라고 부르죠."

클라라가 생선을 굽기 시작하자 주방이 연기로 자욱해졌다. 클라라는 차분하고, 함께 시간을 보내기 좋은 사람이었다. 그는 아니스로 향을 낸 아구아르디엔테라는 브랜디를 한 병 챙겨 왔다. 상을 당했을 땐 화주가 제격이

겠거니 생각했다는 거다. "감각이 마비되거든요."

클라라는 자기 도시와 정치관과 가족에 대해 이야기해 줬다. 내게는 질문을 했다. 어디서요, 언제요, 어디서요? 나는 아홉 살 이전에는 아프리카 남부에서 나라는 사람의 정체가 형성되었고, 나머지는 영국에서 내가 직접 빚었다고 말했다. 클라라는 붉돔에 라임즙을 뿌리며 아프리카에서 보낸 어린 시절에 향수를 느낄 때가 있냐고 물었다. 나는 향수는 시간 낭비 같다고 대답했다. 나는 과거를 변함없이 보존하겠다고 그 위에 먼지막이를 덮으려 한 적이 한 번도 없다. 클라라는 미래의 씨앗은 언제나 과거에 심겨 있는 법이라고 했다. 내가 사 온 라임은 적당한 라임이 아닌 모양이었다. 클라라는 계속해서 질문을 던졌다. 길고 긴 결혼 생활 동안 나는 질문을 받을 일이 없음에 안도했다. 당시만 해도 그 편을 선호했다. 말하고 싶지 않은 게 워낙 많았다.

클라라는 요리를 하며 각종 도구의 위치를 물었다. "숟가락은 어딨나요, 빵 도마는, 당신 부엌엔 왜 나비가 날아다니죠?" 나는 나방이라고 일러 주었다. 우리는 일요일, 딤섬, 구아바 젤리, 돈, 형제 자매, 모기, 중년기에 접어들며 발견한 장단점에 대해 이야기했다. 마지막의 경우엔 대체로 장점이 더 많다고 결론 내렸다. 또 클라라의 연구 주제와 내 헛간, 실리아가 현재 읽고 있는 웨일스 작가 앨런 루이스Alun Lewis의 시집과 그 제목(『트럼펫 틈에서 하!하!』*Ha! Ha! Among the Trumpets*) 얘기도 했다. 실리아가 열다섯 살 때 학교 도서관에서 발견한 시집이었다. 요즘 들어 실리아는 자기 부엌에서, 여든네 살의 나이에, 이 시집을 내게 낭독해 주고 있었다. 클라라는 내 인생이야말로 근심 걱정 없는 라 돌체 비타로 들린다고 했다.

그렇기도 하고 아니기도 하다고 나는 대답했다. "어째서요?" 자욱한 연기에 클라라가 보일락 말락 했다. 붉은 생선은 어느새 거무스름하게 변해 있었다. 나는 그렇다와 아니다 사이에 놓인 몇 가지를 언급했다. 버터 칼로 양파를 다지면서 클라라가 말했다. "우리 친구들이 도착했나 본데 가서 문 좀 열어 줘요. 당신 현관 벨 고장 났지 싶던데, 알고 있어요?" 부엌에 돌아왔을 때 클라라는 프라이팬에 양파와 고추를 볶고 있었다.

연기 틈으로 손을 뻗어 클라라에게 소금을 건넸다.

클라라가 말했다. "폰으로 당신 사진 좀 찍어도 돼요?"

"그래요, 근데 연기 때문에 아무것도 안 보일걸요. 그리고 거기 서랍에 좀 더 잘 드는 칼이 있을 거예요."

번쩍. 플래시가 터졌다.

클라라는 폰을 청바지 뒷주머니에 도로 꽂고 목욕물에 바다 소금을 넣어 본 적이 있느냐고 물었다. "물을 부드럽게 해 주거든요." 내 개수대에서 나오는 런던의 수돗

물이 경수인 걸 보고 한 말이었다. "그나저나 여기 교수들은 크리켓을 즐겨 보는 모양이던데, 당신도 크리켓 좋아해요?"

나는 그보단 펜싱을 선호한다고 말했다. 클라라는 어깨로 흘러내린 긴 머리카락을 레인지의 불길을 피해 뒤로 넘겼다. 자기도 어릴 때 나뭇가지를 들고 형제들과 싸웠다며, 그것도 펜싱과 비슷하다고 말했다. 남자 형제만 일곱이다 보니 아버지에겐 자기가 유일한 딸이었다는 걸 내가 이해해야 한다고 덧붙였다. 조용히 공부할 만한 데를 찾는 것도 일이었다. 어떨 땐 계단 아래 딸린 찬장에 들어가 숙제를 해야 했다. 클라라의 어머니는 열 식구가 먹을 밥을 차리고 나서 정작 당신은 혼자 주방에 앉아 작은 밥 한 공기로 식사를 때웠다. 클라라가 갑자기 뒤로 펄쩍 뛰며 집에 새가 있냐고 물었다. 나는 새 시계 얘기를 하며 방금 들은 건 딱따구리 울음소리라고 설명했다.

"멍청한 새들, 내다 버려요." 클라라가 말했다.

"재밌네요." 내가 말했다. "나도 내 글쓰기 제자에게 그런 말을 했거든요."

"새 시계가 왜 좋은데요?"

나는 곰곰이 생각해 봤다.

"친구가 되어 주고 슬픈 생각에 훼방을 놓거든요."

"그래요, 이해해요." 그 순간 클라라는 손에 나무 숟가락을 들고 있긴 해도 제법 교수다워 보였다.

"그거 알아요?" 그가 말했다. "내 어머니가 부엌에서 혼자 식사하는 편을 선호한 건 부엌이 아무런 방해도 소음도 없이 유일하게 생각을 이어 갈 수 있는 곳이어서였어요. 달리 갈 곳이 없었거든요. 하지만 당신에겐 생각할 수 있는 헛간이 있죠. 헛간에도 새 시계가 있나요?"

나는 없다고 말했다.

"내 어머니는 출산이 삶의 목적인 사람이었어요. 남편과 아이들을 위해 살았죠. 그게 당신이 살 수 있는 최악의 삶이라고 생각하지도 않았어요. 사인이 아니었어요, 어머니는. 공인이었지. 동네 사람들이 죄다 어머니에게 조언을 구하러 왔거든요."

클라라는 자기 고향에서 만드는 화이트 치즈를 내 딸들이 좋아할 거라고 말했다. 순하고 신선한 치즈였다.

"그래서, 누군가와 같이 또 살 수 있을 것 같아요?" 클라라가 물었다.

"적당한 거리가 있다면요." 내가 대답했다. "장거리라면요."

"아뇨." 클라라가 말했다. "떠나고 돌아오는 사이에 너무 많은 일이 벌어져서 장거리로는 못 살아요. 떠나고 돌아오는 공간에서만도 몸의 세포가 달라지는데요."

나는 터키석 반지에 얽힌 사연을 얘기해 달라고 했다.

내가 지금 있는 곳 ✕

클라라는 사양했다.

"저건 뭔가요?" 청소 도구를 보관하는 벽장 한쪽에 세 워진 딸들의 고기잡이 그물을 가리키며 그가 물었다.

그물에 대해서라면 여전히 입을 뗄 수가 없었으므로 나는 아무 대답도 하지 않았다. 저 그물들은 꽃들과 마찬 가지로, 다른 모든 사물과 마찬가지로, 어쩌면 터키석 반 지와도 마찬가지로 과거로 통하는 포털이었다.

클라라는 그물 하나를 끄집어내 자세히 살펴봤다.

"막대가 너무 기네요. 이보다 짧아야 고기 잡을 때 몸 을 빨리 움직일 수 있는데."

그때 장례식에서 울었던 남자가 연인과 함께 연기 속 으로 걸어 들어왔다.

"어서 와요. 우린 과거의 길이를 줄이고 있던 참이에 요." 클라라가 고기잡이 그물을 가리키며 말했다. "이것 도 실은 아는 바를 침묵시키려는 반동적 욕망이지만요."

우리가 지금 어디 있는 건가요? 전에 있었던 건 어디고요?

　나는 유스턴 대로에 있는 세인트팬크러스 인터내셔널 역에서 파리행 유로스타를 기다리는 중이었다. 『헤엄치는 집』의 프랑스어판 출간을 앞두고 무려 조찬 인터뷰 시간에 맞춰 파리 북역에 도착해야 했다. 새벽 네 시, 출발 정보 화면을 망연히 바라보는 내 손에는 커피 컵이 들려 있었다. 역 안쪽엔 격렬히 포옹 중인 남녀 동상이 있었다. 저들은 도착하는 참일까 떠나려는 참일까?

　여행에 수반하는 소리와 신호로 주변이 붐볐다. 여행 가방을 끌고 지나가는 소리, 막판에 황급히 표와 서류를 찾는 몸짓, 물병이며 신문을 구매하는 사람들. 취소된 기차 편과 열차 도착 정보를 알리는 방송을 들으며 문득 마음속에, 혹은 주황빛으로 밝아오는 런던의 푸른 새벽 하늘로부터 느닷없이, 1968년 남아공을 떠나 사우샘프턴 항구에 도착한 직후 가족과 함께 탄 기차가 떠올랐다. 우리를 워털루 역으로 데려갈 기차였다. 나는 남동생 옆에 앉았고, 동생과 내 맞은편 좌석에는 어머니와 아버지가 앉아 있었다. 우리 모두 창밖에 펼쳐진 '잉글랜드'에 시선을 모으고 있었다.

그 기차 여행을 나는 항상 행복한 순간으로 기억해 왔다. 함께 웃고 떠들며 감자칩을 먹었다고 스스로에게 늘 이야기해 온 터였다. 그날 아침 세인트팬크러스 인터내셔널 역에서야 나는 우리 가족의 워털루행이 공포로 가득한 여행이었음을 깨달았다. 당시 난 아홉 살이었다. 우리 짐은 다 어디 갔던 걸까? 내 옷은? 장난감은? 우리 식구들 물건은? 우리 집에 있던 가구들은? 잉글랜드에 도착하거든 살 곳이 있기는 하고? 거기서도 나는 학교에 다니게 되나? 우리는 수다를 떨지도 웃지도 않았다. 워털루역에 도착할 때까지 나는 불안해하며 창밖으로 지나치는 역의 이름을 하나하나 읽었다. 열차 승무원에게 기차표를 보여 주는 어머니의 두 손이 파르르 떨렸다. 아버지는 창밖만 봤다. 어머니는 자식들만 봤다.

그게 내가 전에 있었던 곳이다.

이제 와서야 새로이 되찾은, 사우샘프턴 부둣가에서 출발한 열차에 몸을 싣고 침묵 속에 마음 졸이던 우리 가족의 소리가 배정된 객차를 찾아 유로스타에 올라타는 내

내 메슥메슥하게 귓가를 맴돌았다. 그 소리를 듣기까지도 긴긴 시간이 걸린 터, 체감하기까지는 더 긴 시간이 걸렸다. 유로스타의 탑승객들은 나와 마찬가지로 다들 반쯤 잠들어 있었다. 남자들은 면도를, 여자 중 몇몇은 풀 메이크업을 한 모습이었다. 우리는 각자 좌석을 찾고, 외투를 벗고, 노트북과 태블릿과 스마트폰을 테이블에 올려놓았다. 기차가 세인트팬크러스 역을 뒤로하고 프랑스로 향하는 두 시간 남짓한 길에 올랐다.

내 옆 좌석에는 젊은 여자가 앉아 있었다. 열일곱 살 정도일까, 머리를 파랗게 염색한 여자였다. 노트북에 연결된 이어폰을 귀에 꽂고 기초 언어 학습 프로그램으로 프랑스어를 공부하는 중이었다. 로봇 음성이 발음하는 프랑스어 단어를 따라 하는 과정이었다. 객차 안이니 당연히 소리 내어 단어를 연습할 순 없었지만, 작은 링 피어싱을 한 여자의 입술이 동사와 명사를 속삭이며 움직이고 있었다. 우리 앞 공용 테이블에 놓인 화면을 힐끗 보니 프랑스어 문법에는 남성과 여성, 두 개의 성이 있다는 내용의 글이 떠 있었다. 예컨대 여자는 문법적 여성에 해당하는 명사며 의자도 여성 명사인 데 비해, 머리카락은 남성 명사였다.

　젊은 여자는 기차 여행을 위해 파란 머리를 두 갈래로

11
집 안을 오가는 발소리

땋고 분홍색 장미 봉오리를 꿰매어 단 머리끈을 하고 있었다. 머리 스타일로 많은 걸 표현하고 있었다. 그는 데번에서 왔다고 내게 말했고 내가 데번 어디냐고 묻자 "시골이요"라고 대답했다.

유로스타가 바다 밑 터널로 진입하기에 앞서 마지막으로 정차할 역인 애시포드 인터내셔널 역에 도착했을 때, 70대 초반으로 보이는 남자가 우리 맞은편 자리에 앉았다. 남자는 10대 여자에게 자기도 테이블 공간을 쓰게 컴퓨터를 치워 줄 수 있겠냐고 물었다. 여자는 노트북을 허벅지 위로 옮겼다. 공간의 재배치치고는 아주 소소한 수준이었지만, 그럼에도 여자가 남자의 신문, 샌드위치, 사과에 공간을 양보하느라고 테이블에서 자신을 완전히 제거해야 하는 결과를 낳았다.

얼마 후, 남자는 자기 와이프가 호텔 방에 두고 온 신발을 찾으러 파리로 가는 길이라고 내게 말했다. 최근에 결혼기념일을 맞아 부부가 파리에서 주말을 보낸 모양이었다. 와이프야 신발 한 켤레 때문에 굳이 그 길을 다시 갈 필요는 없다고 말했지만, 자기로서는 선택의 여지가 없었다고, 켄트의 노스다운스에 위치한 저희 집까지 우체국이 신발을 무사히 배달할지 믿을 수가 없었다고 말했다. 남자가 사과를 들어 입술에 갖다 대고 한 입 베어 무는 걸 보고 나는 고개를 기울여 옆자리 여자에게 이렇게 말했다. "저 사과도 여성이에요…… 프랑스어로는요."

"라 폼므." 여자가 미간을 살짝 찡그리며 말했다. 하지만 실제로 입에서 나온 말은 "라 폼므?"였다. 옳게 말한 건지 확신이 가지 않고, 그래서 미간을 찡그린 거란 듯이.

그 와중에도 남자는 파리로 돌아가는 길이 영 찜찜하다고 내게 말하고 있었다. "알죠, 왜." 그가 속삭였다. "이 주민이니 난민 들이 터널까지 파고들어 기차 지붕에 올라탄다잖아요." 그는 자기 오른쪽 귀를 가리켰다. "그러니 발소리가 나는지 정신 바짝 차리고 들어야 해요."

"정말로 그러실 생각이에요?" 내가 물었다. "기차 지붕에서 발소리가 나는지 듣겠다고요?"

"그럼요." 그가 말했다. "들린다니까."

나는 와이프가 파리에 특별한 신발을 두고 온 거냐고 물었다. 어쨌거나 신발 한 켤레 때문에 굳이 파리까지 돌아가고 있었으니까.

파란 머리 여자는 그새 헤드폰을 벗었다. 언어 학습 프로그램에 집중하기엔 허벅지에 노트북을 둔 자세가 여간 불편한 게 아니었을 테다.

남자는 와이프가 의료용 신발을 두고 왔다고 우리에게 말했다. 와이프의 한쪽 다리가 다른 쪽보다 짧아서 왼

집 안을 오가는 발소리

발을 높인 신발을 신는다고 했다. 안에 굽이 추가된 신발로, 몸의 균형을 바로잡고 척추를 정렬해 주도록 제작되었다는 것이다.

나는 그에게 와이프가(이름이 없었다) 파리에서 켄트로 돌아가는 길에는 그럼 어떤 신발을 신었냐고 묻고 싶었다. 그리도 없어선 안 될 신발을 호텔 방에 두고 왔다면, 여분의 의료용 신발이라도 하나 더 있었던 걸까? 와이프의 발에 관해 상세히 묻는 건 지나친 사생활 침해려니 싶었는데, 남자가 먼저 "그 신발이 아니면 와이프가 집 안을 오가는 소리를 들을 수가 없다"고 자진해 말했다. 평소 왼쪽 신발이 바닥에 탁탁 부대끼는 소리로 와이프가 욕실에 가는 건지 계단을 내려오는 건지 알 수 있다고. 그런데 요 며칠은 그보다 가벼운 신발을 신고 다니는 통에 와이프의 동선을 파악하기가 어렵고, 그래서 "도무지 긴장을 풀지 못"한다는 거였다.

나는 와이프가 넘어지기라도 할까 봐 걱정이 되느냐고 물었다.

아니, 와이프의 균형 감각에는 아무 문제가 없었다. 게다가 와이프는 정작 가벼운 신발을 선호했고 다만 자기가 와이프가 집 안을 오가는 발소리를 들을 수 있게 파리에 두고 온 신발을 어서 되찾아 와야겠다는 시급한 의무감을 느낀 거였다.

발소리에 유난히 집착하는 사람이다 싶었다. 그의 와이프 되는 사람이 남편이 자기 소재를 항시 파악하려 드는 걸 알고 그걸 피하고자 일부러 신발을 두고 온 건 아니려나 궁금해졌다. 분명한 건 열차 지붕에 매달린 이주민들이 실제로 있다면 그들도 소리 없이 자취를 감출 의도에서 그러고 있으리라는 사실이었다. 남자는 자기가 지켜보는 한 누구도 도망가지 못하게 감시하는 역할을 자처한 셈이었다.

남자가 사과를 다 먹은 걸 보고 나는 옆자리 여자에게 노트북을 테이블에 다시 올리면 어떻겠냐고 말했다. 여자는 그리하면서도, 남자가 테이블 한가운데 올려 둔 신문 주변의 공간을 침범하지 않으려고 노트북을 비스듬히 두었다. 나는 남자에게 노트북을 제대로 놓을 수 있게 신문을 좀 치워 주면 어떻겠냐고 물었는데, 그는 내가 이 요청을 두 번 반복하게 만들었다. 내가 영어를 사용하는 방식을 도통 이해할 수 없다는 듯이 굴었다. 급기야 난 "이 아가씨가 공부를 해야 돼서요"라고 말했고, 그 말조차 그가 못 알아듣기에 "일을 해야 해요"라고 말했다.

이제 곧 터널로 진입한다는 안내가 영어에 이어 프랑스어로 방송됐다. 추가 정보도 두 언어로 흘러나왔다. 우린 바다 밑으로 38.6킬로미터를 달릴 것이며 그에 소요되는 시간은 14분이라고 했다.

들어갑니다. 한때 혼돈과 암흑뿐이던 바다를 지나는 중
입니다. 썰물. 밀물. 플랑크톤. 산호. 우린 지금 해저 45미
터에 있습니다.

유로스타는 사실상 잠수함이었다. 나는 눈을 감고 발소
리가 온통 귓가를 울리는 선잠에 빠져들었다. 이름 없는
와이프의 발에 채운 족쇄와도 같은 의료용 신발이 바닥
을 탁탁 치는 소리. 이 소리는 바닷속 터널을 달리는 동안
주위에서 들려오는 두터운 소음에 밀려 점차 누그러지
고 줄어들더니 결국 들릴락 말락 할 정도로 작아졌지만,
그와는 별도로 어디선가 계속해서 발소리가 들려왔다.
이주민들이 정말 기차 지붕을 걸어다니고 있는 걸까? 아
니. 타맥을 밟는 맨발 소리다, 이건. 누구 발소리냐고? 발
소리도 임자가 있나? 암, 있지. 이건 그 애 발소리다.

아홉 살인 그 아이가 홀러웨이 대로의 타맥을 가로지르
고 있다.

이제는 세상을 뜬 어머니가 손톱 가위로 잘라 준 앞머리
가 비뚤배뚤하다. 아이는 나다. 빗속에서 내 가족이 사는

집으로, 내 과거의 삶으로 발길을 옮기는 중이다. 내 결혼 생활로. 집 주소는 팔뚝에 적혀 있다. 이제 잉글랜드에 산 지도 두 달째지만, 팔뚝은 여전히 그을린 채다. 아이는 여름 원피스를 입었고 발은 맨발이다. 고분고분하게도 붉은 로봇 앞에 멈춰 서 있다. 아이는 잉글랜드에서는 저 로봇을 '신호등'이라 부르며 토마토 소스는 '케첩', 감자칩은 '크리스프'라고 부른다는 걸 배웠다. 길을 물어보는 아이의 억양이 이상하다. 사람들은 친절하다. 아이는 노상 웃으며, 깜찍하고 예쁘장하다. 눈은 초록색, 눈썹은 검다. 친절히도 바른 방향을 짚어 주는 사람을 여럿 만난다. 개중엔 아이의 맨발을 보고 놀라는 사람도 있지만, 아이는 들키지만 않으면 신발 없이 돌아다닌다. 아이가 찾는 거리는 홀러웨이 대로 바로 옆, 휘팅턴 파크 근처에 있다. 이제 마흔 줄에 접어든 중년의 자기가 가족과 가정을 꾸린 빅토리아풍 집을 찾아온 것이다.

아이가 빅토리아풍 건물의 현관문을 두드리자 여자 목소리가 누구세요? 하고 외친다. 잉글랜드 억양의 말투에 목소리는 낮다.

난 당신인데요, 여자 아이가 짙은 남아프리카 억양으로 도로 외친다.

아이는 잉글랜드에 얼추 동화된 자기의 성인 자아가 사는 집 밖에 흩뿌리는 비를 맞고 서 있고, 중년의 자기는

집 안을 오가는 발소리

현관문 뒤에 웅크리고 있다. 그가 이 아홉 살 소녀를 집으로 초대하면 어떻게 될까? 빅토리아 시대로 거슬러 올라가는 배관 시설을 갖추고, 잉글랜드에서 태어난 열두 살과 여섯 살 된 두 딸이 거실 텔레비전 앞에 앉아 베이킹 예능 방송 「그레이트 브리티시 베이크 오프」를 보고 있는 집으로 소녀를 들인다면?

외국 아이는 고집이 센 건지 도통 떠날 기미를 보이지 않는다. 타지 냄새를 폴폴 풍긴다. 아프리카의 토양에서 자란 식물들, 호우 뒤 뜨겁게 달아오른 보도, 리치 열매의 거친 껍질을 벗기는 손. 머리카락 끝은 햇살을 머금었고, 상어의 접근을 방지하려 그물을 쳐 놓은 바다에서만 수영해 봤으며, 아버지에게 편지를 부치던 우체통 앞에서 울어 본 아이. 아버지가 남아프리카 민주주의 운동에 가담해 정치 수감자로 살아야 했던 4년 중 1년간 아이는 말을 거의 못 했는데, 그랬던 아이가 지금 이리도 대담히 문을 두드리고 있다. 마침내 문이 열리고, 아이는 성큼 들어선다. 아이의 젖은 맨발이 복도를 따라 자국을 남긴다. 아이는 왼쪽 거실로 들어서 영국 애들이 앉아 있는 소파 옆자리로 펄쩍 뛰어오른다. 아이가 30대 들어 낳게 될 두 딸이다.

*

심사 위원 메리 베리가 스폰지 케이크를 맛본다. 또 다른 심사 위원인 폴 할리우드는 속이 얼마나 촉촉하고 깃털처럼 가벼운지 평가하려 큼직한 손으로 케이크 조각을 갈라 본다. 남아프리카에서 온 아이는 베이킹의 즐거움에 집중하느라 여념이 없는 눈치다. 중년의 자아는 잔뜩 경계하고 아이를 주시한다. 아이가 자기 딸들과 문제를 일으키거나, 학교에 신고 갈 운동화가 유명 브랜드가 아니라며 딸들이 불평할 때 진짜 문제다운 문제를 못 겪어 봐 그런다고 아이들에게 쏘아붙이는 상황은 피했으면 한다. 그는 한 번도 자기 아이들이 용감해야만 하는 상황에 놓이기를 바란 적이 없다. 전쟁통에 대피하며 물이 들어차는 배에 몸을 맡기는 아이들의 용기 같은 것. 잠옷 차림의 어린아이 가슴에 메달을 달면 얼마나 단다고? 그가 겪은 어떤 일도, 어린아이가 용기를 최대한 쥐어짜는 일이, 누구도 감내해선 안 되는 수준의 용기를 요하는 일이 건강한 일이라는 생각을 교훈인 양 안겨 준 적은 없다. 그가 태어난 나라의 아프리카 아이들이 다른 아이들이 유치를 잃듯 인권 운동 와중에 부모를 잃고서 발휘해야 했던 용기를 그는 목격한 바 있다.

*

그는 자기의 아홉 살 자아가 그래 맞아, 왼쪽 케이크가 최

집 안을 오가는 발소리

고야, 잼도 골고루 발리고 너무 달지도 않으니까, 라며 영국 아이들과 동의하는 모습을 지켜보다가, 심사 위원들도 아이와 같은 결론을 내리자 덩달아 탄성을 내지른다. 외국에서 온 이 아이가 자기 집을 자기 집처럼 편히 느끼는 것 같아 흐뭇하다. 가정집을 꾸리는 건 시간과 헌신, 그리고 무엇보다도 공감 능력을 요하는 일이다. 낯선 사람을 환대하는 것, 이것이야말로 자기 집을 갖는 목적이 아닐까. 이 아이야 엄밀히 말해 낯선 사람은 아니지만 말이다.

그러다 모두가 일제히 고개를 돌린다. 오른손에 맥주를 든 남자가 방 안으로 걸어 들어온다. 엄밀히 말해 낯선 사람이 아닌 아이는 이 영국 남자가 25년 뒤 자기가 결혼할 상대라는 걸 모른다. 남자도 아이를 보지 못한다. 남자는 케임브리지에서야 비트겐슈타인이 한때 살았던 집 맞은편에 사는 여자와 만나게 될 것이다.

나무가 휘지 않고 부러질 때 비극이 발생한다.

두 사람은 이 집에서 20년 넘게 함께 살 것이다. 그리고 어느 날, 이들의 결혼 생활이 휘지 않고 부러질 것이다. 두 사람은 베이킹 팬을 모조리 꾸려 짐을 싸고 부엌에 걸린 벽시계를 내릴 것이다.

파리 북역에 도착하자 게이트로 마중 나온 편집자가 조찬 인터뷰 장소까지 날 데려가 줬다. 인터뷰 첫 질문은 내가 홀러웨이 대로에 인접한 그 집에서 쓴 다음 문장의 의미를 묻는 질문이었다.

삶이 살 만한 유일한 이유는 다들 상황이 나아지기를, 무사히 집에 가닿게 되길 희망하기 때문이니까요.◊

◊ 2011년에 출간된 지은이의 장편 소설 『헤엄치는 집』의 첫 문장.

집 안을 오가는 발소리

12
모든 것의 시작

내 가장 친한 남자 친구는 그새 세 번째 결혼을 했다. 굳이 노란색 재킷을 사서 결혼식 날 입겠다고 고집부려 나는 이제 그 재킷을 친구의 '누런 벽지'라 불렀다. 이건 샬럿 퍼킨스 길먼의 책 제목이기도 한데, 그 소설에 등장하는 와이프는 남편으로부터 그리고 자기의 삶으로부터 벗어나고자 가정집의 누런 벽지 속으로 도망치려 든다.

어느 날 밤, 내 가장 친한 남자 친구가 초대받지도 않았으면서 열한 시에 이 재킷을 입고 내 아파트에 나타났다. 옷깃엔 결혼식 때 파란 수레국화 다발을 달면서 끼워뒀던 안전핀이 희한하게도 아직 달려 있었다. 친구는 집에 갈 마음이 없어 보였다. 자정쯤 우리는 다 무너져 가는 내 언덕 위 아파트 건물 발코니에 나갔다가 하늘을 가르며 우리를 향해 날아오는 물체를 발견했다. 처음에는 정체를 알아볼 수 없었으나 곧 하나가 아니라 세 덩어리임을 알 수 있었다. 알고 보니 그 덩어리는 새였다. 새들이 발코니 난간에 앉는 순간 친구가 기침을 하기 시작했다.

꽤 소란스런 기침이었지만 새들은 겁먹지 않았다. 우리를 외면하듯 고개를 옆으로 돌리고 있었지만 친구와 난 새들이 우리를 주시하고 있다는 걸 알았다. 볏에 난 깃털을 살피려 몸을 앞으로 기울이며 우리는 아무래도 앵무새가 아니겠느냐고 서로에게 말했다. 새들은 우리가 대놓고 저흴 보는 게 불쾌한 모양이었다. 친구의 기침 소리보다도 우리의 눈길을 더 불편해하는 눈치였다. 셋 중에서 가장 말라 보이는 새가 제 깃털을 물어 당기기 시작했고, 그 모습에 덩달아 불편해진 우리는 무슨 새인지 인터넷에 검색이나 해 보자며 안으로 들어갔다.

내가 노트북을 꺼내는 사이 친구와 나는 새들이 우릴 향해 날아오는 걸 처음 봤을 때 온갖 생각이 다 들었노라고 털어놓았다. 드론이나 심지어는 미사일일지도 모른다고 생각했다고. 나는 노트북을 열어 앵무새를 검색했다. 친구는 옆자리에 앉아 식탁에 팔꿈치를 올리고 와인을 따르며 화면을 바라봤다.

"올해는 정말이지 새로 가득한 해인 거 있지." 내가 말했다. "영문을 모르겠다니까. 아무튼 시작은 새 시계였던 것 같아."

런던 내에 군락을 이루고 사는 야생 앵무새들이 있다는 모양이었다. 우린 우리가 본 새들은 아무래도 코카투 앵무새에 가까워 보인다고 의견을 모았다. 코카투들은

작은 도마뱀과 씨앗, 열매, 뿌리와 채소를 즐겨 먹는다고
했다.

우리는 새들을 한 번 더 구경하러 발코니로 나갔다. 맨 끄
트머리에서 자기 깃털을 뽑아 대던 마른 새가 그사이 가
운데에 앉아 있던 통통한 새와 자리를 바꾸었다. 노란 날
개깃이 화면을 통해 방금 확인한 사진 속 코카투의 노란
깃털과 똑같았다. 아무래도 뭔가 먹이는 게 좋겠다 싶어
우리는 사과와 바나나를 잘라 난간 아래 놓인 작은 원형
식탁에 두었다. 새들은 별 관심을 보이지 않았고, 우린 와
인을 마저 마시러 안으로 들어갔다.

친구가 잔을 들었다. "우리가 알고 지낸 세월에, 그리고
우리의 긴 우정에 건배."

나는 그와 잔을 맞댔다.

"영원히 살 것만 같던 우리 열다섯 살 시절에 건배." 그
가 이어 말했다. "우리가 그리도 안절부절못하게 만들었
던 불쌍한 우리 부모님에게도. 고달팠던 최근 몇 년의 시
련에서 회복한 것에도 건배하자. 우린 이제 여기저기 긁
히고 까진 수준이 아니라 아주 제대로 다친 거야."

친구의 전화기가 울렸다.

"나디아겠네." 내가 말했다.

"아니, 와이프일 리 없어." 그가 고집을 부렸다. "보험 파는 로봇이지. 나디아는 내가 어디 있건 신경 안 써. 내가 아주 따분한대, 하는 말도 다 재미없고. 무슨 말을 하려는 건지 이미 다 안다나, 그래서 내가 그 말을 꺼낼 동안 기다려야 하는 걸 못 참지. 실은 날 쳐다보는 것도 못 참는 것 같아, 항상 바쁘고 내 몸만 봐도 혐오감이 드는 눈치야."

"그만 집에 가." 내가 말했다.

"아니라니까." 친구는 소리를 지르고 있었다. "내 말을 안 듣네. 집에서조차 환영받질 못한다니까 요즘 내가."

"그렇다니 안타깝네."

"아니 아니, 그런 뜻이 아니야." 친구는 얼마 남지 않은 머리칼을 쥐어뜯었다. "'나는 그녀를 사랑하고 그게 모든 것의 시작이다.'"

이건 F. 스콧 피츠제럴드의 인용이라고 친구는 말했다.

"난 사실 그리 좋은 사람이 아니지만, 그렇다고 그렇게 형편없는 남편감도 아니라고. 네가 보기에도 그래?"

나는 내가 보기에도 그렇다고 했다. 그리고 적어도 내 인생에 있어서는 그가 주연급에 해당하는 등장 인물 중 하나라고도.

"무슨 소리야, 등장 인물이라니? 난 등장 인물이 아니야."

나는 영화사 중역들에게 조연과 주연급 인물 명단을 작성해 달라고 요청받은 이야기를 했다.

"사실 넌 조연급 주연에 해당하지." 내가 말했다.

"뭐야? 그새 강등된 거야?"

"그래."

내 친구와 나디아가 장-뤽 고다르 영화의 패러디에 나오는 모습을 상상할 수 있었다. 기차역 옆 카페에 앉아 속삭이다가, 차례로 카메라를 향해 (조각난 보이스 오버로) 이 모든 게 얼마나 불가능한 일이며 서로 소통에 실패하면 할수록 저희의 사랑이 각자의 고독을 얼마나 깊게 만드는지, 그리고 서로가 느끼는 경멸에 얼마나 좌절감이 드는지 토로하는 모습을.

너랑 함께여서 불행하고 나 혼자여서 불행해.

다만 각본가 입장에서는 내 친구가 고다르 영화의 주연 격 인물이 되기에는 치아가 너무 희고 장황한 내적 독백을 전달할 만치 사색적이지 못하다는 게 문제였다.

"난 그리 똑똑하지 않아, 인정해." 그가 말했다. "나디아도 내가 모자란다고 생각하지. 나보다 훨씬 똑똑하니까. 그건 그렇고." 여기서 친구는 옛날 제비족처럼 내 손등에 입을 맞췄다. "염장 지르려는 건 아니지만 넌 혼자인 게 네 생각만큼 잘 어울리지는 않아."

나는 터키 커피를 만들어 작은 잔 두 개에 따랐다.

혼자인 게 내게 어울리지 않는다는 게 사실일까? 과거의 삶에선 나 자신이 비현실적으로 다가올 때가 종종 있었다. 비현실적이라는 게 무슨 뜻이지?

인생을 내가 느끼는 그대로 글로 풀어낼 만치 자유로워지더라도, 그것도 결국엔 내 존재가 더 현실적이고 더 실제적인 것이라 느끼기 위해서려나? 내가 손에 쥐려는 게 뭘까? 더 많은 현실을 원하는 게 아님은 분명했다. '그녀'를 위해 여태 쓰여 온 주연 격 여성 인물을 쓰는 데는 전혀 관심이 없었다. 그보다는 아직 쓰이지 않은 주연급 여성 캐릭터에 더 관심이 갔다.

벽 너머로 새소리가 들리는 와중에 친구의 전화기가 다시 울렸다.

친구는 이번엔 우버 영수증이 들어오는 소리일 거라고 말했다.

"우버 타고 왔어?"

"응."

"우버 타고 그만 집에 가지 그래?"

"미니 캡 부를래."

친구는 노란색 재킷을 벗고 바닥에 납작 드러누워 깍지 낀 손을 베고 천장을 바라봤다. 나는 소파에 누워 신발을 벗어 던지고 다리를 뻗었다. 하루를 마감하며 누군가와 느긋이 빈둥대는 건 유쾌한 일이었다. 서로 말을 할 필요도, 쓰레기 봉투를 내놓으라거나 고장 난 무언가를 고쳐 달라고 부탁할 필요도, 아이들 얘기를 할 필요도 없이 (실은 종종 아이들 얘기를 했지만), 그럼에도 우리가 진심으로 서로의 최선을 바란다는 걸―최악을 바라지 않는다는 것도―아는 기분. 어느새 깜빡 잠이 들었던 건지, 뺨을 간질거리는 느낌에 깼다. 처음엔 새들이 집 안까지 들어온 건가 싶었지만, 소파 한 귀퉁이에서 풀려 나온 실밥일 뿐이었다. 얼마 전에 수리한 현관 벨이 울리고 있었다. 나디아였다. 두터운 겨울 외투를 당당히 몸에 두른, 키도 훤칠한 나디아.

"그이 여기 있어요?"

"네."

"새벽 네 시예요." 나디아가 말했다. "여덟 시에 히스로 공항으로 내 아버지를 모시러 간다는 사람이."

나는 나디아에게 들어오라고 말했다. 나디아는 바닥에 잠들어 있는 남편을 일별하곤 부츠 신은 발끝으로 그의 배를 툭툭 치고 그가 눈을 뜰 때까지 신발 가죽을 복부 깊숙이 밀어 넣었다.

"안녕 나디아." 친구는 일으켜 달라는 듯이 나디아를 향해 두 팔을 들어 보였다. 나디아가 못 본 체하자 그는 뻗은 팔이 무색하게 그대로 방치되었다. 나디아의 두 손은 커다란 겨울 외투 주머니에서 나오지 않았다.

이 이미지는 오랫동안 나를 떠나지 않았다.

나는 나디아에게 나가서 새들을 보자고 했다.

셋 중 가장 목소리 큰 코카투가 식탁에서 발견한 흠집 난 사과 조각 주위를 맴돌고 있었다. 나디아는 새들이 어디서 온 건지 알고 싶어 했다.

나도 모르겠다고 했다. 자정이 조금 지나 셋이 한 무리를 이루어 그냥 나타났다고 했다.

나디아는 하늘을 올려다보더니 몸서리를 쳤다. 하늘의 무한한 잿빛 가운데 어느 때고 착륙하려 대기 중인 이국적이고 날개 달린 생명체가 얼마나 더 숨어 있을지 모르겠다는 듯이.

"안개 좀 봐요." 나디아가 말했다. "느닷없이 어디서 나타난 거람? 히스로 착륙 편이 죄다 지연될지도 모르겠네요. 운전은 저이한테 하라 그러고 난 3번 터미널에 도착할 때까지 뒷좌석에서 눈이나 붙여야겠어요."

두 사람은 떠날 때까지도 서로 거의 아무 말도 안 했지만, 그래도 난 둘이 서로를 사랑한다고 생각했다. 찬물을 한 잔 따라 마시고 작은 공기에 물을 부어 새들에게 주러 발코니로 나갔다. 안개가 아직 개지 않았지만 통통한 코카투가 다른 두 새를 좌우로 두고 앉아 있는 게 보였다.

모든 것의 시작

볏 달린 머리를 치켜들고 내면 깊숙한 곳에서부터 터져 나온 듯한 전율로 몸을 떨고 있었다. 깃털 안쪽에서 희고 미세한 가루가 자욱하게 퍼져 새의 발치에 소금처럼 떨어졌다.

어머니가 돌아가신 뒤 처음으로 어머니와 대화를 한다. 어머니는 내 이야기에 귀를 기울인다. 나도 귀를 기울인다. 그것만으로도 변화다. 나는 요즘 모녀가 나오는 소설을 쓰고 있다고 말한다. 긴 침묵이 따른다. 어떻게 지내고 계세요, 어머니, 지금 있는 곳에서는요? 부엉이가 많은 곳이면 좋겠네요. 어머닌 늘 부엉이를 좋아했으니까. 그거 아세요? 어머니가 떠나고 며칠 안 돼서 옥스퍼드가의 백화점에 쇼핑을 갔다가 초록색 유리 눈이 박힌 부엉이 귀고리를 발견했어요. 그걸 보는 순간 도무지 설명할 수 없는 행복감에 휩싸였어요. 저 귀고리를 어머니 사 드려야지.

*

귀고리를 들고 계산대로 향했는데, 가게 점원이 내 손에서 귀고리를 받아 가는 순간, 어머니가 죽었다는 사실을 기억했어요.

오 아니야 아니 아니 아니

이 단어들을 입 밖에 내는 동안 난 마치 광기와 비극에 붙들린 사람, 전혀 다른 세기에서 온 사람 같았어요. 보석 박힌 부엉이들을 점원 손에 둔 채 돌아섰어요. 그 순간, 햄릿이 셰익스피어의 작품을 통틀어 가장 서러운 대사를 발음할 때의 말투가 납득이 갔어요. 대사 자체만이 아니라, 그 말을 하는 햄릿의 목소리까지도요.

예쁜 소리가 아닌 건 분명하죠. 난 서둘러 그 가게를 뛰쳐나왔어요.

오 아니야 아니 아니 아니

서러움에 세기랄 게 있는 건 아니니까요.

셰익스피어의 펜이 어떻게 햄릿의 입술을 열고 닫고 다시 열어 그 힘든 말들을, 어머니의 죽음을 받아들이지 못하는 내 마음을 그리도 정확히 담아낸 말들을 발음하게 했던 건지, 그제야 궁금해졌어요. 그러다 어딘가에서 셰익스피어가 부친이 죽은 해에 『햄릿』을 썼다고 읽었어요. 그 희곡에서 내게 가장 의미 있는 대사는 뭘 읽고 있느냐는 누군가의 질문에 대답하는 햄릿의 말이에요.

말, 말, 말들.

그 무엇도 자기를 위로할 수 없다고 말하고 있는 거지 싶어요.

말은 중요하고 의미 있는 모든 걸 가리고 은폐하기도 하죠.

난 유령은 안 보지만 어머니가 내 얘기를 듣고 있는 게 지금 내 귀에 들려요.

어머니가 치러 온 전쟁도 이제 끝났어요.

산 자들의 소식을 좀 전할까요. 올해 내내 새들이 날 찾아왔어요, 이런저런 경로로요. 실제 새들도 있고, 실제성이 떨어지는 새들도 있었죠.

하지만 어머니가 좋아하던 부엉이들은 실제로 존재하죠. 내가 왜 이리 새들에 집착하는 건지 생각하는 것도 이젠 관뒀지만, 어쩌면 죽음과 재생, 이 두 가지와 연관이 있는 걸지도 모르겠어요. 가을에는 욕실에 정원을 꾸몄어요. 키가 제일 많이 자란 선인장은 그만 놓아주어야 할 때가 된 지도 제법 오래였고, 급기야는 쭈글쭈글 오그라들어 갈변하고 말았어요. 욕조에 들어가 선반에 있던 녀석을 끌어내렸어요. 작은 은빛 선인장은 버리지 않고 뒀지만 이번에는 자스민과 백합, 양치 식물을 화분에 심었어요. 자스민도 오렌지 꽃처럼 저세상 것만 같은 향을 지녔지만, 어떨 땐 또 배수구 냄새를 풍기기도 한다는 거 아세요? 양치류는 욕조 위로 잎을 늘어뜨리고, 백합은 빛을 따라 알아서 몸을 움직여요. 작은 은색 선인장은 천장을 향해 팔을 뻗는 게 꼭 비를 바라며 기도라도 올리는 것처럼 보여요.

그건 나도 마찬가지예요. 매일매일이 참 힘겹네요.

그리고 나는 비를 사랑하네.

내게 헤엄치는 법과 노 젓는 법을 가르쳐 주서서 고맙습니다. 냉장고가 비지 않도록 타이핑 일을 손에서 놓지 않아 주서서 고맙습니다. 나로 말하자면, 이 세상에서 해야 할 일들이 있고 계속 그 일들을 해 나가면서 어머니보다도 더 가차 없이 살아야 합니다.

아이들 아버지와 크리스마스 일정을 의논하려 만났다. 몇 년을 함께이지만 떨어진 채 나란히 걸어오던 우리가 별거를 시작하고 맞는 두 번째 크리스마스였다. 우리는 메뉴를 뭐로 할지, 당일엔 누가 뭘 요리할지 얘기했고 딸들 선물로는 뭐가 좋을지 각기 생각해 온 걸 말했다. 체인점 카페의 갈색 가죽 안락 의자에 앉아 서로 마주보고 있었다. 스피커에선 조니 미첼의 노래가 흘러나왔다. 누군가를 미워하고 사랑하는 내용의 노래였지만, 우리는 모른 체했다.

*

우리는 뉴스와 날씨 얘기를 했다. 보트를 가라앉힌 폭풍에 대해서는 한마디도 하지 않았다. 여전히 서로에게 화가 난 상태였지만 둘 다 차분했고, 나로서는 한 번도 그를 따분하게 여긴 적이 없다는 사실이 당혹스러웠다. 마치 서로 언약이라도 한 듯했다. 처음 만난 순간부터 서로에 대해 더 알기보다는 덜 알자고 아예 합심한 것처럼. 이게 우리를 갈라놓고 만 결정적인 결함이었음을 난 받아들였고, 앞으로는 우리가 이 방면에 있어 다른 사람들과 더 잘할 수 있기를 바랐다.

빅 실버로 도로 헤엄쳐 가지 않은 것에 대한 아쉬움은 없었지만, 지난 크리스마스 때 이집트산 면 식탁보를 끝내 찾지 못한 건 못내 아쉬웠다. 결국 흰색 종이 식탁보로 대체해야 했다. 보기에 썩 좋진 않았지만 딸들에겐 이렇게 차려 놓으니 꼭 프랑스의 브라스리 식당에 온 것 같지 않냐고, 종업원이 식탁보 한 귀퉁이에 우리 주문을 적어 뒀다가 나중에 그 자리에서 계산까지 뚝딱 해 주는 그런 식당에 온 기분이지 않냐고 말했다. 딸들은 그런 식당에는 가 본 기억이 없다며 설마 크리스마스 점심을 같이하러 올 사람들에게 돈을 받을 생각인 거냐고 되물었다. 올해 크리스마스엔 이집트산 면 식탁보를 깔고 초와 붉은 베리, 호랑가시나무와 겨우살이로 장식할 계획이었다. 딸들의 아버지도 동석할 거고, 장례식에서 울었던 남자와 그의 새 연인을 식사에 초대할 생각이었다. 실리아도 물론, 바쁜 와중에 내게 할애할 시간이 있다면. 우리는 브레드 소스 외에 크랜베리 소스도 만들자며 레시피와 팁을 공유했다. 보트를 가라앉히는 데 한몫한, 또는 보트로 도로 헤엄쳐 돌아갈 마음을 잠재우는 데 기여한 밝히지 않은 서로의 상처를 위로해 줄 길이라곤 없었다. 그럼에도 남편과 와이프라는 사회적 가면이, 우리가 그토록 오랫동안 쓰고 있던 가면이 흘러내려 서로를 다시 볼 수 있게 된 건 사실이었다. 그렇게 해서 보게 된 모습이 지나치게 인간적이라 감당하기 어려웠던 건지도 모르겠다. 우리는 자리에서 일어나 외투를 입고 입을 맞추며 잘 가라고 인사했다.

*

전날 밤, 나는 라스베이거스의 카지노에서 설거지 담당으로 일하는 어느 멕시코 중년 여자의 텔레비전 인터뷰를 봤다. 일곱 자녀를 키웠으며 해병대에서 복무 중인 아들도 있다는 그는 어린 나이에 미국으로 도주해 온 경험에 대해 이야기하고 있었다. 나는 처음엔 듣는 둥 마는 둥 하다가 어느 순간부터 완전히 귀를 기울였다. 그가 한 말들이 내 안에 공간을, 휑히 트인 공간을 열어젖혔다. "나혼자 국경을 넘었어요, 그렇게 검고 푸르스름한 어둠과 코요테들의 울음과 식물들의 소리를 온몸으로 느끼면서 왔어요."

여자가 새로운 삶의 방식을 찾기 위해 자기 이름을 지워버린 사회의 서사와 결별할 때, 그가 맹렬한 자기 혐오에,

미칠 것만 같은 고통에, 눈물이 멎지 않는 회한에 빠지리라는 게 사회 통념이다. 이런 것이 여자를 위해 마련된, 그가 원하기만 하면 언제든 손에 쥘 수 있는 가부장제의 왕관에 박힌 보석들이다. 눈물지을 순간이 넘치는 건 사실이지만, 그럼에도 아무런 가치도 없는 그 보석들에 손을 뻗느니 검고 푸르스름한 어둠을 두 발로 통과해 지나는 편이 낫다.

마르그리트 뒤라스는 그가 마지막으로 거처한 집, 자기 자신의 기쁨만을 생각하며 꾸린 집의 평온 속에서 어느 날 사색에 잠겨 이런 말을 했다. "글은 바람처럼 들이닥친다."

그건 벌거벗고 잉크로 만들어진 것, 쓰인 것이고, 삶의 다른 무엇과도 비교되지 않는 방식으로 우리를 스쳐 지난다. 그와 비견할 게 더는 남지 않았다. 삶 자체가 우리를 스쳐 지나는 방식을 제외하고는.

당신이 지금 읽고 있는 이 글은 삶의 비용으로 만든 글이며 디지털 잉크로 만들어졌다.

오늘 아침 창밖엔 사늘한 빛이 설핏하다. 나는 느지막이 일어나 전기 포트에 뜨거운 물을 끓인다. 집 안 여기저기에 놓인 사물들에는 아직 겨울의 흔적이 남아 있다. 나는 밤새 차가워진 공기를 데우기 위해 전기 난로를 켜고 식탁 겸 책상에 앉아 뜨거운 차를 한 잔 마신다. 조금 있으면 소란을 떨며 만물이 생동하는 봄이 오겠지만, 아직은 조금 더 부드럽게 게을러도 괜찮은 겨울의 끄트머리다.

언덕 꼭대기의 낡은 단독 주택에서 살기 시작한 이래 월동 준비라는 말을 실감하게 됐다. 한파와 폭설을 대비해 염화 칼슘과 보온용 비닐을 챙겨 두고, 상상을 초월하는 난방비를 내기 위해 돈을 따로 비축해 놓아야 했다.

　유난히 춥고 눈이 많이 내린 이번 겨울, 이따금 눈을 치우러 나가는 것 외에는 대부분의 시간을 집에서 보냈다. 일어나면 유튜브를 틀어 초급자용 요가를 간단히 따라 하고, 식탁 겸 책상에서 아침 겸 점심을 먹은 후 같은 자리에서 작업을 하다가 또 밥을 챙겨 먹고, 다시 작업을 하다가 잠자리에 드는 단조롭고 고요한 날들이었다. 그러던 어느 날이었다. 누군가가 초인종을 눌러 나가 보니 문 앞에 옆집 아주머니가 서 있었다.

"이 집 옥상 수도 터졌나 봐. 난리 났어."

무슨 소리인가 집 밖에 나가 보니 우리 집 옥상에 연결된 배수관에서부터 흘러나온 상당량의 물이 골목을 따라 얼어 있었다. 너무 놀라, 알려 주셔서 감사하다고 말한 다음 집 안으로 들어왔다. 옥상 수도가 정말로 터졌나, 그럼 어떻게 해야 하지? 얼른 고쳐야 물이 더 흐르지 않을 텐데. 당황한 마음을 애서 진정시키며 인터넷을 검색하고 있는데 또다시 초인종이 울렸다. 이웃이라 자신을 소개한 60~70대 정도의 남자는 우리 집에서 흘러나온 물 때문에 집 앞 골목이 얼었으니 해결해야 하지 않겠느냐고 말했다. 안 그래도 옆집 아주머니에게 듣고 지금 옥상 수도에 대해 알아보고 있노라 설명하려는데 그가 내 말을 자르더니 당장 나와 치운다고 말해야지 사람이 다칠 수도 있는데 옥상 이야기는 왜 하느냐며 소리를 지르기 시작했다. 갑자기 소리를 지르는 것만으로도 적잖이 당황스러웠는데 그가 기어이 한마디를 덧붙였다. "젊은 여자가 이사를 와서."

그날 나는 집 앞 골목에 쭈그려 앉아 망치로 얼음을 깼다. 그냥 깨는 건 쉽지 않아 전기 포트로 끓인 물을 조금씩 부어 녹인 얼음을 망치로 깬 후 삽으로 깨진 조각들을 퍼서 버렸다. 만약 그날 내가 마지막으로 마주친 이가 그 남자였다면 추운 골목에서 얼음을 깨던 그 오후는 괴로운 기억으로 남았을 것이다. 하지만 그날은 오히려 따뜻한 기억으로 남아 있다. 얼음을 깨고 있던 내게 이웃 아주머니들이 베풀어 준 호의 덕분에. "아니, 뭐 하러 이런 걸 깨고 있어. 어차피 곧 녹을 텐데. 내가 소금 뿌려 두었으니 그냥 들어가, 추위"라고 말하며 내 삽을 가져가 깨트린 얼음을 대신 퍼 날라 준 다정한 중년 여성들. "이사 오고 몇 년간 이런 적이 한 번도 없었는데 얼마나 놀랐어? 올해가 유난히 추웠지?"라고 말하며 옥상 수도를 살펴봐 줄 수리 업자 전화 번호를 알려 주던 내 이웃들.

어쩌면 이 일은 이웃 간에 흔히 벌어지는 작은 소동, 그냥 잊고 지나가기 마련인 하나의 일화에 불과할 수도 있다. 하지만 그날 일은 내 마음에 남아 쉽게 움직이지 않는다. 그건 그날 겪은 무례와 내가 "젊은—이젠 그다지 젊지도 않지만—여자"란 사실이 무관하지 않다는 걸 잘 알고 있기 때문이다. 그리고 데버라 리비처럼 결혼해 두 딸을 키우다 이혼을 계기로 가부장제 바깥으로 나와 홀로 삶을 살아가게 된 여성이나 나처럼 자발적으로 결혼 제도 바깥에 머물고 있는 여성에게 세상은 조금 더 쉽게 무례해진다.

허름한 산동네의 낡고 작은 단독 주택에서 살기 시작했을 때는 주변으로부터 위험하지 않겠느냐는 말을 많이 들었다. 주변 사람들의 걱정은 대부분 내가 여자라는 사실과 관련되어 있었다. 하지만 나는 단독 주택에 살아 보고 싶었고, 여자라는 이유로 마음에 품은 걸 포기하고 싶지는 않았다. 관리인이 따로 있는 공동 주택보다 불편한 점이 전혀 없다면 거짓말이지만, 언젠가는 떠날 것이 분명하지만, 나는 이 집을 무척 좋아한다. 책상 앞에 앉아 있으면 창문 너머로 들려오는 새들의 지저귐, 유난히 활달한 고양이들의 울음소리, 일정한 간격을 두고 떨어지는 빗소리. 집에 유리창이 많은 덕분에, 나는 집 안에 가만히 앉아서도 짙어지는 우듬지의 색깔과 석양의 농도로 계절이 깊어 가는 것을 알 수 있다. 때로는 혼자, 때로는 둘이서 사랑하는 강아지와 함께 6년째 이 집에서 살고 있는 이유다.

내가 이 집을 사랑하는 이유는 여럿이지만 가장 중요한 건 이곳이 내 (제대로 된) 첫 집이라는 사실이다. 이 집으로 이사 들어온 해, 동생은 결혼을 했고 나는 부모님의 기대와 달리 결혼이란 제도 안에 들어가지 않은 채 본가를 떠났다. 언제 결혼할 거냐고 노래를 부르던 부모님은 내게 (적어도 당분간은) 그럴 계획이 없다는 것을 동생이 결혼 준비를 시작할 즈음에야 겨우 받아들였다. 결혼을 하고 아이를 낳고도 글을 쓰고 온전히 자기 자신으로 존재하기 위해 애쓰는 사람도 많겠지만 내게는 그럴 능력이 없음을 나는 일찌감치 알아 버렸다.

엄마는 동생에게 신혼 살림으로 그릇 세트를 장만해 주며 내게도 필요한 것이 없느냐고 물었다. 나는 새로운 그릇 세트나 냄비 세트 같은 건 원하지 않았고, 엄마가 혼수로 가져온 그릇들―갈색 유리 그릇 세트였는데 엄마는 몇십 년째 찬장에 쟁여 두기만 하고 좀처럼 쓰지 않았다―이면 족하다고 했다. 엄마는 (엄마가 원한 형태는 아니었지만) 어쨌든 독립하는 딸에게 새 그릇을 사 주지 못해 미안한 기색이었지만 나는 새로운 그릇 세트보다 엄마의 혼수가 더 좋았다.

이사하고 얼마 후 난생 처음 베트남으로 여행을 떠났고, 다낭의 해변을 걸었다. 휴양지 여행을 그다지 선호하지 않는 내게 풀 빌라에서 며칠을 보내는 건 낯선 여행 방식이었지만, 그저 좋았다. 이제부터는 새로운 삶이 펼쳐지리라는 것을 알았다. 나의 집. 나의 삶. 나의 미래. 온전히 내가 선택한 것들. 나는 내가 먹고 자고 글 쓰는, 나의 공간을 쓸고 닦는다. 비가 새거나 벽의 페인트가 벗겨질 때를 대비해 글을 쓰고 강의를 해 번 돈을 모아 둔다.

여성 작가에 대한 편견 중 하나는 남편 수입에 의존해 살기 때문에 예술을 쉽게 할 수 있으리라는 것이다. 창작 활동만으로 먹고살기 어려운 건 여성이나 남성이나 마찬가지고 경제적 능력이 있는 파트너의 조력을 받아 나쁠 게 없는 것도 둘 다 같을 텐데, 유독 여성 작가들에게 그런 편견이 덧씌워진다. 여성이 자유로워지기 위해선 경제적 독립이 선행되어야 한다고 끊임없이 주장했던 보부아르가 일찍이 "여자가 자립의 길을 선택하려면 남성보다 더 큰 정신적 노력이 필요하다"고 말한 것도 이 때문이다.◇

내 할머니는 내겐 누구보다 다정했지만 다른 사람들에게는 구두쇠처럼 인색하다는 평을 종종 듣는 분이었다. 내겐 할머니를 떠올리게 하는 사물이 하나 있는데 그건 할머니가 노트 위에 30센티미터 유리 자를 대고 직접 세로줄을 그어 만든 가계부다. 할머니는 돋보기를 낀 채 자

◇ 시몬 드 보부아르, 『제2의 성』, 이희영 옮김, 동서문화사, 2011, 186쪽.

그마한 상 위에 스탠드를 켜 놓고 가계부를 썼다. 성경책을 읽을 때와 더불어 내가 기억하는 할머니의 가장 진지한 모습이다. 할머니는 날마다 통장 잔고를 헤아렸고, 허투루 돈을 쓰는 법이 없었다. 하지만 내 생일이나 졸업식 같이 특별한 날에는 봉투에 돈을 담아 건네곤 했다. "수린아, 생일 축카한다, 할머니가" 같은 짤막한 문구를 정성껏 봉투 위에 적어서. 할머니 생의 마지막 무렵 우리 가족이 살던 동네에는 할머니가 걸어갈 만한 거리에 재래시장이나 화장품 가게 같은 것이 없어서 무엇인가가 필요하면 할머니는 내게 사다 달라고 부탁해야만 했다. 할머니는 그때마다 내게 돈을 주었고 물건을 사 가지고 가면 심부름값이라며 거스름돈은 가지라고 했다. 손주들이 놀러 왔을 때 용돈이라며 주머니에 돈을 찔러 넣어 주는 성격은 아니었지만, 할머니는 나름의 방식으로 돈을 운용했고 할머니의 기준에서 필요하다고 생각하는 곳에 돈을 썼다.

할머니가 내 아버지와 그 형제들을 교육시킬 수 있었던 것은 삯바느질과 계 모임으로 번 돈을 할아버지의 부족한 월급에 보탠 덕이었다. 혼자 힘으로 한글을 깨우칠 만큼 똑똑했고, 아름다운 것을 사랑했고, 자존심이 무척이나 셌던 할머니는 초등 교육도 받지 못하고, 재능을 펼칠 제대로 된 직업을 가져 본 적도 없이 부모의 뜻에 따라 결혼해 아이들을 건사하는 삶을 평생 살아야만 했다. 당신이 얼마나 반짝일 수 있는 사람인지 미처 알기도 전에 빛을 낼 가능성을 단념해야만 했던 할머니. 그런 할머니에게는 스스로 돈을 벌고 아껴 자녀를 뒷바라지한 것이 처음으로 주체성을 경험해 본 일이 아니었을까? 더 이상 어떤 수입도 벌어들이지 못하고 로션이나 스킨을 사는 간단한 일조차 손녀딸에게 의지해야만 했던 할머니로서는 얼마 되지도 않는 통장 잔고를 스스로 통제하는 일이, 약간의 이자를 확인하고 가계부를 쓰는 일이, 자신의 계획에 따라 쓸 수 있는 최소한의 돈을 어떻게든 유지하려 애쓰는 일이 어쩌면 당신의 자유와 존엄성을 지킬 수 있는 유일한 방편으로 여겨졌을지도 모른다는 생각이 들면 나는 어김없이 슬퍼지고 만다.

손재주가 아주 좋았고, 집 안을 누구보다 깨끗하게 정리했고, 식혜나 고추장 같은 음식을 맛있게 만들었지만 할머니는 내겐 그런 것들을 조금도 가르쳐 주지 않았다. 작가가 된 후 새벽까지 거실에서 노트북을 펼쳐 놓고 앉아 있을 때가 많았는데, 잠에서 깨 화장실에 가려고 거실로 나온 할머니는 그런 나를 볼 때마다 "아직도 그러고 있냐" 하며 안쓰러워했다. "얼른 가서 자라, 병날라." 하지만 졸음 섞인 할머니의 목소리에 당신이 감히 꿈꿔 볼 수 없었던 어떤 고귀한 일을 하는 손녀딸을 기특해하는 마음이 한밤의 꽃향기처럼 비밀스럽게 배어 있다는 걸 나는 알았다. 아이와 남편을 위해 헌신하는 것밖에 몰랐던 사람에게 유일하게 허락된 '물질적인 삶'과는 다른, 할머니의 눈에 보다 숭고해 보이는 정신적 세계를 향해 한 발 한 발 나아가는 삶.

데버라 리비는 『살림 비용』에서 이혼을 "남자와 아이의 안위와 행복을 우선 순위로 두어 오던 가정집이라는 동화의 벽지를 뜯어" 내는 일에 빗댄 다음 자신이 자아를 찾아 가는 과정이 동화 벽지 "뒤에 고마움도 사랑도 받지 못한 채 무시되거나 방치되어 있던 기진한 여자를 찾는"(21) 것이라고 말한다. 남편의 아내, 자녀들의 엄마, 손주들의 할머니로 평생을 살았으나 자신의 이름을 되찾을 엄두조차 내 본 적 없던 할머니가 내게 살림을 결코 배우지 못하게 했던 건 내가 당신과 달리 자유를 누리며 살기를 바랐기 때문이리라.

여성으로서, 작가로서, 한 인간으로서 "자유를 누릴 '자기'"(12)를 되찾기 위해 남편과 정상 핵가족이 주는 안락함을 대가로 지불하고 고군분투하는 리비의 모습을 기록한 『살림 비용』을 읽는 내내 나는 새로운 삶을 시작하는 그를 조용히 응원하는 마음이었다. 새로운 집 침실 벽의 사면을 노란색으로 칠할 때는 '너무 정신없지 않을까요' 걱정하고, 언덕 위 집을 수월히 오르내리기 위해 전기 자전거를 구입하는 대목에서는 '나도 하나 사면 좋겠는데' 생각하면서. 책으로 빼곡하던 서재 대신 타인의 헛간을 빌려 작업하느라 중요한 미팅 자리에 진흙 묻은 나뭇잎 세 개를 머리에 붙이고 들어설 수밖에 없었던 데버라. 퍼붓는 비를 맞아 가며 자전거를 타고 언덕을 오르던 길에 그만 가방이 열려 장 봐 온 닭이 '로드킬'되는 걸 목격해야만 했던 데버라. 비에 쫄딱 젖은 채 집으로 돌아온 그는 그토록 피곤한 날에도 자신을 돌봐 줄 사람이 없다는 것을 깨닫고 다소 자조적으로 말한다. "나는 혼자였고 나는 자유였다. 관리되는 것도 거의 없고 수도나 전기 같은 기본 시설마저 수시로 끊기는 집에 따라붙는 막대한 관리비를 지불할 자유가 내게 있었다. 식구를 부양하기 위해 목숨을 다해 가는 컴퓨터에 글을 쓸 자유가 내게 있었다"(82).

리비식으로 말하자면, 내게도 자유가 있다. 다 낡은 집의 수도가 터진 게 아닐까 걱정할 자유가 있고 임박한 마감 날짜를 지키지 못하더라도 골목으로 나가 얼음을 망치로 깨부술 자유가 있다. 솔직히 고백하면 때로 그런 것들은 나를 고단하게 만들고 "여자를 위해 마련된, 그가 원하기만 하면 언제든 손에 쥘 수 있는 가부장제의 왕관에 박힌 보석들"을 향해 손을 뻗고 싶게 만들기도 한다. 하지만 대부분의 날에 나는 "그럼에도 아무런 가치도 없는 그 보석들에 손을 뻗느니 검고 푸르스름한 어둠을 두 발로 통과해 지나는 편이 낫다"(161)는 걸 안다. 그것들이 내가 지금 누리고 있는 글을 쓸 자유, 다른 형태의 공동체를 꿈꿀 자유, 타인의 기대나 시선에 부합하는 내가 아니라 오롯한 나 자신으로 존재할 자유를 쟁취하기 위해 내가 기꺼이 지불해야 하는 비용이라는 걸 알고 있기 때문에.

데버라 리비는 『살림 비용』을 이런 문장으로 끝낸다. "당신이 지금 읽고 있는 이 글은 삶의 비용으로 만든 글이며 디지털 잉크로 만들어졌다"(161). 이 문장을 패러디해 이렇게 이 글을 마무리하면 어떨까?

나는 여성이고, 작가다. 그리고 당신이 지금 읽고 있는 이 글의 원고료를 받으면 난방비를 낼 예정이다.

수리 업자를 불러 얘기를 들어 보니 옥상 수도는 파열된 게 아니었고, 시키는 대로 화장실의 밸브를 열어 놓자 더 이상 배수관으로 물이 새지 않았다. 기온이 영상으로 올라가자 폭설이 내리는 동안 자취를 감추었던 고양이들이 다시 골목 위를 거닐었다. 사뿐사뿐 춤추듯 가볍게. 골목의 얼음은 모두 녹아 흔적도 없이 사라졌다. 그리고 나는 일상으로 돌아와 내 집에서 오늘도 쓰고 또 산다. 나로 존재하기 위해 날마다 분투하면서.

데버라 리비의 『알고 싶지 않은 것들』이 작가의 어린 시절 회고라면 이 책 『살림 비용』은 50대의 반영이다. 여성들의 삶은 때로 그 자신의 잘못에 의해서가 아니라 관계나 역할 때문에 무너지기도 한다. 작품의 화자 '나'는 이혼 후 낡은 아파트로 거처를 옮겼고 어머니도 돌아가셨다. 그는 이 무렵 모녀가 등장하는 소설을 쓰는데 글 쓸 공간이 마땅치 않아 호텔 발코니에서도 쓰고 급기야는 친구에게 헛간을 빌려 거기서 집필 활동을 이어 간다. 화자 '나'는 무너짐에 대해 누군가를 비난하거나 분노를 표출하지 않으면서 어쨌든 극복해 나가려 한다. 그 내용은 때로 어처구니없이 유머러스하다. 구체적인 것과 추상적인 것이 공존하는 복잡한 혼합물 같은 텍스트는 대단히 정치적이고 사려 깊다. 이러한 문장에 있어서라면 그는 최고다. 그가 단순히 상실과 슬픔을 말하기 위해 글을 쓴 걸까. 나는 그렇게 생각하지 않는다. 이 작품의 '나'는 자신에게 주어진 시간과 사랑, 그리고 죽음을 관통해 지나온 삶과는 다른, 여성적이라고밖에 말할 수 없는 삶을 만들기를 꿈꾸고 설계한다. 그러므로 『살림 비용』은 젊은 여성들을 위한 글, 새롭게 시작하는 여성들을 위한 글이다.

강영숙

왜 쓰는 것일까. 왜 그만두지 못하는 것일까. 이 질문에 나는 제대로 대답해 본 적이 없다. 이번에 나는 데버라 리비의 많은 문장 앞에서 오랫동안 서성였다. 떠나지를 못했다. 그는 말한다. 글을 쓰며 사는 내내 "다른 사람들 손에 토대가 허물리고 위축되는 기분"을 느꼈으나, 다른 작가들을 통해 위안을 받는다고. 그리하여 나는 그를 통해 에밀리 디킨슨을 읽었다. "희망은 낙담 앞에서도 노래하기를 멈추지 않는 날개 달린 것." 그제야 나는 조금 인정하게 되었다. 어쩌면 바로 그 희망 때문에 계속 써 왔던 걸지도 모르겠다고. 끝없는 낭떠러지 아래로 떨어지는 일을, 두려워하면서도, 멈추지 못했던 것 같다고. 데버라 리비는 또 말한다. 바로 그 두려움은 우리가 지불해야 하는 어떤 비용이라고. 실제로 그는 그 대가로 원시 시대 모형 같은 헛간을 얻었다. 버지니아 울프가 말한 바로 그 "자기만의 방"을 말이다. 그곳에서 꿈꾸었다. "다른 사람이 우리 대신 상상해 온 인물"이 아니라 오롯이 나 자신으로 사는 삶을. 그것은 자유다. 글을 쓰는 사람들이 자기 자신을 사랑할 수 있는 유일한 방식이다. 그 사랑으로 탄생한 나는 나이면서도, 내가 아니다. 나 역시 그의 글을 읽는 내내 지독한 비용을 치렀음을 고백하고 싶다. 앞으로도 얼마든지 치르겠다는 각오와 함께.

강화길

나는 픽션을 쓰는 여성입니다.

　에세이를 따라 읽으며 나는 데버라 리비가 내내 이 말을 하고 있다고 생각했다. 이것은 전환기에 선 사람의 기록이다. 사회가 연출하는 극에서 막 빠져나온 여성이 과거를 복원하지 않기 위해 과거와 조우하는 이야기다. 20년간의 배역을 벗은 그가 '자신'을 확보하고 '공간'을 마련해 가는 나날의 기록이기도 하다.

　지금까지와는 다른 구성으로 삶을 꾸린다는 것. 누군가에게 그것은 필히 과거를 경유해야 하는 일이기에, 글을 쓰는 헛간에서 리비는 "과거와 현재가 공존하는 기법"을 찾는 데 골몰하게 된다. 그가 자신의 아홉 살 자아를 40대의 자아와 만나게 해 줄 때, 자신의 어린 딸들이 놀고 있는 지난 삶의 그 집으로 그 여자 아이를 들여보내 줄 때, 나는 내가 써 온, 쓰고 있는 글들을 그의 글을 통해 역으로 실감할 수 있었다. 어떤 말들은 시간과 공간을 넘어 공동의 장에서 맞닿기도 한다는 걸 기쁘게 상기할 수 있었다.

이 에세이들을 통과하고 나면 우리는 데버라 리비가 만들 새로운 등장 인물을 마음껏 기다릴 수 있을 것이다. 픽션을 쓰는 여성이 지불하는 존재의 비용을 생각하면서. 속삭여 말하더라도, 들을 수 있을 것이다. 가령 이런 말들을.

"올해 내내 새들이 날 찾아왔어요, 이런저런 경로로요."

최은미

데버라 리비 Deborah Levy

1959년 남아프리카공화국 요하네스버그에서 태어나 1968년 가족과 함께 영국으로 이주했다. 극작가이자 시인으로 활동하다가 1988년 첫 단편집 『오필리아와 훌륭한 발상』*Ophelia and the Great Idea*, 1989년 첫 장편 소설 『아름다운 기형들』*Beautiful Mutants*을 냈고, 『지리 삼키기』 *Swallowing Geography*, 1993, 『사랑받지 못하는 자』*The Unloved*, 1994, 『빌리와 여자 아이』*Billy and Girl*, 1996를 연달아 출간했다. 긴 공백기를 지나 2011년에 장편 소설 『헤엄치는 집』*Swimming Home*을 출간했고, 이 작품으로 2012년 맨부커상 후보에 올랐다. 2013년에는 프랭크 오코너 국제 단편 소설상과 BBC 국제 단편 소설상 후보에 오른 단편집 『블랙 보드카』*Black Vodka*를 내놓았고, 이를 전후로 절판되었던 초기작들이 재출간되었다. 2016년에는 장편 소설 『핫 밀크』*Hot Milk*로 맨부커상과 골드스미스상 후보에 올랐다. 같은 해 단편 「스타더스트 네이션」 Stardust Nation이 안제이 클리모프스키Andrzej Klimowski에 의해 그래픽 노블로 각색되기도 했다. 장편 소설 『놓치는 게 없던 남자』*The Man Who Saw Everything*로 2019년 부커상 후보에 올랐다.

왕립 셰익스피어 극단과 BBC 라디오를 위해 희곡 작품을 쓰고 각색했으며, 지그문트 프로이트의 유명한 정신분석 사례인 일명 '도라' 및 '늑대 인간' 사례를 극화했다. 초기 희곡 작품들은 『리비: 희곡들 1』 *Levy: Plays 1*로 엮여 출간되었다.

2013년 젠더 정치를 삶의 영역으로 되돌리는 자전적 에세이 시리즈인 '생활 자서전'living autobiography 3부작의 첫 책으로 『알고 싶지 않은 것들』을 펴냈다. 2018년에는 둘째 권인 『살림 비용』을 출간해 고든번상 쇼트리스트에 올랐다. 프랑스에서 이 두 작품으로 2020년 메디치상 해외 문학 부문 후보에 올랐고, 심사 위원이 전원 여성으로 구성되는 페미나상 해외 문학 부문에서 수상했다. 두 작품 모두 셀린 르루아Céline Leroy가 번역했다. 3부작 마지막 책이 될 『부동산』(가제)*Real Estate*은 2021년 출간 예정이다.

이예원

문학 번역가. 데버라 리비의 『알고 싶지 않은 것들』, 사뮈엘 베케트의 『머피』, 조애나 월시의 『호텔』, 주나 반스의 『나이트우드』, 앨리 스미스의 『겨울』과 『호텔 월드』, 제니 페이건의 『파놉티콘』과 그래픽 노블 『아이 러브 디스 파트』, 『리얼리스트』, 『빈센트』, 『바늘땀』, 그림책과 어린이책을 한국어로 옮겼고 김숨, 이상우, 천희란의 단편 소설 및 황정은의 『계속해보겠습니다』와 『디디의 우산』(근간)을 영어로 옮겼다.

백수린

2011년 경향신문 신춘 문예로 등단했다. 소설집 『폴링 인 폴』, 『참담한 빛』, 『여름의 빌라』, 중편 소설 『친애하고, 친애하는』, 짧은 소설집 『오늘 밤은 사라지지 말아요』, 산문집 『다정한 매일매일』을 출간했으며 아고타 크리스토프의 『문맹』, 마르그리트 뒤라스의 『여름비』와 몇 권의 그림책을 우리말로 옮겼다.

살림 비용

1판 1쇄 2021년 3월 25일 펴냄
1판 4쇄 2023년 1월 15일 펴냄

지은이 데버라 리비. 옮긴이/기획 이예원. 펴
낸곳 플레이타임. 펴낸이 김효진. 제작 상지사
P&B.

플레이타임. 출판등록 2016년 10월 4일 제
2016-000050호. 주소 고양시 화신로 298, 별빛
마을 802-1401. 전화 02-6085-1604. 팩스 02-
6455-1604. 이메일 luciole.book@gmail.com.
블로그 playtime.blog. 플레이타임은 리시올
출판사의 문학/에세이 브랜드입니다.

ISBN 979-11-90292-09-2 03800